Daniela Böhle, Paul Bokowski (Hrsg.)

DIE LETZTEN WERDEN DIE ÄRZTE SEIN

DANIELA BÖHLE & PAUL BOKOWSKI
HRSG.

DIE LETZTEN WERDEN DIE ÄRZTE SEIN

35 GESCHICHTEN. KRANK GESCHRIEBEN.

SATYR VERLAG

Herausgeber und Verlag danken Sebastian23 für die Idee zum Buchtitel.

3. Auflage Mai 2018

www.satyr-verlag.de

Cover: Paul Bokowski (Foto Pille: Lev Kropotov | Dreamstime.com)
Druck: Booksfactory
Printed in Poland

Die Deutsche Nationalbibliothek verzeichnet diese Publikation in der Deutschen Nationalbibliografie; detaillierte bibliografische Daten sind im Internet abrufbar über: http://dnb.d-nb.de

ISBN: 978-3-944035-29-1

INHALT

VORWORT

von Daniela Böhle und Paul Bokowski

Lieber Paul,
ich finde ja, es fehlt Eiter. In unserem Buch kommt überhaupt kein Eiter vor. Oder?

Liebe Daniela,
stimmt schon. Wir haben wenig Eiter. Aber eigentlich bin ich ganz froh darüber. Wird Eiter nicht vollkommen überbewertet? Was kann der denn, dieser Eiter? Gibt es keinen besseren Einstieg in dieses Vorwort als ausgerechnet Eiter?

Es ist ein Buch über Medizin! Möchtest Du über amputierte Beine sprechen? Oder wenigstens amputierte Zehen? Haben wir auch keine. Oder?

Persönlich hätte ich mir etwas mehr Lepra gewünscht. Unsere Autoren haben viel zu wenig Lepra! Oder Erfrierungen vielleicht. Das wäre doch vielleicht ein guter Kompromiss in Sachen Zehen. Aber eigentlich darf ich mich nicht beschweren, immerhin habe ich selbst nur über Nasenbluten geschrieben. Wir haben ohnehin ziemlich viel, was sich oberhalb des Halses abspielt.

Im Mund, meinst Du, oder? Gehirnoperationen fehlen auch.

Stimmt. Zumindest äußerst eifrige Zahnarztgänger scheinen unsere Autoren jedenfalls zu sein.

Denkst Du, Paul, dass man am Beispiel unseres Buches herausfinden kann, wie Humor funktioniert? Weil Humor so funktioniert, wie er funktioniert, konnte keiner über Eiter schreiben. Oder über Lepra. Wäre es nicht großartig, wenn wir das später mal unseren Enkeln erzählen könnten? Also, Kinder, wir wüssten bis heute nicht, wie Humor funktioniert, wenn Paul und ich damals nicht ... Und die Enkelkinder würden große Augen machen. So wie sie sich heute wundern, dass Oma und Opa nur zwei Fernsehsender hatten. Oder drei.

Ihr hattet nur zwei Fernsehsender!?

Wir haben außerdem unsere Wäsche noch im Fluss gewaschen.

Im Fluss. Na super. »Krankheit durch mangelnde Hygiene«. Haben wir dazu eigentlich was? Humor jedenfalls steckt in diesem Buch. Eine ganze Menge. Ist ja die Zivilisationskrankheit schlechthin, dieser Humor. Wie viele Symptome und Erscheinungsbilder es da gibt. Da bin ich selbst ein bisschen überrascht gewesen. Und solange meine Enkel auf die Behauptung, ich hätte mal Humor gehabt, nicht reagieren, als hätte ihr Großvater die Spanische Grippe oder den Englischen Schweiß überlebt, bin ich ganz zufrieden. Übrigens auch mit diesem Buch. Obwohl wir keinen einzigen Beitrag zum Englischen Schweiß haben, fällt mir grade auf.

Englischer Schweiß? Das hast Du Dir doch gerade ausgedacht!

Keineswegs. Übrigens nicht zu verwechseln mit der »Englischen Krankheit«. So nennt man die Syphilis. Aber nur in Schottland. Bei uns hieß sie mal die »Franzosenkrankheit«. Während man sie in Polen die »Deutsche Krankheit« nennt und in Russland die »Polnische Krankheit«. Quasi die Wanderniere unter den Geschlechtskrankheiten. Aber auch darüber hat niemand was geschrieben!

Offenbar kann oder mag man nicht über Ekliges lachen. Und nicht über Schlimmes. Deswegen hängen die meisten Geschichtenfiguren dieses Buches im Wartezimmer herum, da ist es höchstens mitteleklig, darüber kann man beruhigt lachen. Es gibt allerdings einen Wurm unter der Haut, den hatte ich vergessen. Der ist eklig UND lustig.

Aber glaubst Du nicht, dass Ekelempfinden ähnlich vielfältig ist wie Humorempfinden? Ich jedenfalls finde Wartezimmer ziemlich eklig!

Was daran? Die Menschen?

Und das Interieur! Aber da sind die Grenzen ja fließend.

Wir haben jedenfalls ein paar richtig schöne Wartezimmergeschichten in unserem Buch.

Stimmt! Lässt das denn den Rückschluss zu, dass unsere Autoren kränker sind als andere Menschen?

Sie sind auf jeden Fall unterhaltsamer krank. Da fällt mir ein: Wenn dies hier das Vorwort ist, sollten wir nicht mal langsam unsere Leserinnen und Leser begrüßen? Herzlich willkommen zu unserem Buch! Oder wozu, würdest Du sagen, ist so ein Vorwort da?

In unserem Falle? Vielleicht bei Fragen zu Risiken und Nebenwirkungen!

Ah! Soll ich mal die statistischen Vorgaben machen?

Bitte nicht! Wir wollen doch nicht, dass das Vorwort so lang und trocken wird wie ein Beipackzettel.

Ehrlich gesagt, hatte ich mich darauf gefreut. Ich hatte gehofft, Du würdest etwas Nicht-Peinliches zu Risiken und Nebenwirkungen schreiben. Weil es so unglaublich leicht ist, zum Thema Beipackzettel und Humor etwas Peinliches zu schreiben. Ich würde Dir gern ein Beispiel schicken, aber alle Möglichkeiten sind so schlimm, dass ich spontan eine Rechte-Hand-Lähmung bekomme, wenn ich nur daran denke.

Eben! Wir sollten dem Leser etwas anderes mit auf den Weg geben. Gute Besserung?

Viel Vergnügen! Schenkt Euren Ärztinnen und Ärzten dieses Buch! Schenkt es allen Menschen, die krank sind, schon mal krank waren oder beabsichtigen, irgendwann mal krank zu werden!

Und schenkt es den Gesunden. Zur Mahnung. Und zur Vorfreude. Kann ja doch, hin und wieder, ziemlich aufregend sein, so eine Gürtelrose, Leberruptur oder Nasenbluten in einem polnischen Überlandbus.

Viele Grüße jedenfalls und ganz viel Freude an diesem Buch
wünschen Ihnen und Euch

Daniela Böhle und Paul Bokowski

KRANKHEIT ALS WEG

von Sebastian Lehmann

Ich bin krank. Immer bin ich krank. Obwohl ich doch gar nicht arbeite und mich nie verausgabe. Ich habe Kopfschmerzen. Ich habe Halsschmerzen. Ich werde sterben müssen. Und das schon seit drei Jahren. Ich liege in meinem Bett und kann mich fast nicht bewegen. Da klingelt das Telefon. Ich stehe schwerfällig auf und schleppe mich zum Telefon.

»Guten Tag, Herr Lehmann«, begrüßt mich eine weibliche Stimme. »Hier ist die Telekom, Ihr Telefonanbieter. Wie geht es Ihnen heute?«

»Ich bin krank«, huste ich.

»Na, das tut uns aber wahnsinnig leid«, sagt die Frau. »Aber wir haben da ein prima Angebot für Sie: die T-Net-Box. Das ist ein ins Telefon integrierter, intelligenter Anrufbeantworter. Wenn Sie jemand angerufen hat, als Sie nicht da waren, ruft die T-Net-Box Sie völlig kostenfrei an, für nur zwanzig Euro im Monat. Wäre das was für Sie?«

»Ich bin doch sowieso immer zu Hause«, sage ich.

»Aber das ist wirklich ein prima Angebot«, schreit die Frau hysterisch.

»Ach, machen Sie doch, was Sie wollen«, sage ich. »Bevor

die erste Rechnung kommt, bin ich eh schon tot.« Ich lege auf.

Um den Tod doch noch ein wenig hinauszuzögern, gehe ich zum Arzt. Dort muss ich mich auf eine große Liege legen, die mit einer klebrigen, gelblichen Plastikschutzfolie bezogen ist, damit ich auch die Krankheiten meiner Vorlieger bekomme. Dann kommt der Arzt. Er grinst mich an, als würden wir uns schon Jahre kennen. Wir kennen uns schon Jahre.

»Na, junger Mann, was fehlt uns denn heute?«

»Ich bin krank, Arzt«, sage ich matt.

»Na, was haben Sie denn für Beschwerden?«, fragt der Arzt immer noch offensiv fröhlich.

»Ich werde sterben müssen«, sage ich.

»Aber mein Sohn«, sagt der Arzt beruhigend, »da wollen wir nicht mal gleich übertreiben. Ich verschreibe Ihnen hier diese schönen Tabletten.«

»Von den letzten Tabletten habe ich aber Ausschlag am ganzen Körper bekommen«, sage ich.

»Na, dann hab ich da noch andere Tabletten, die sind gegen den Ausschlag. Und wenn Sie beide Tabletten nehmen, dann sind Sie bald wieder gesund. Na, wie ist das?«

Der Arzt grinst mich an.

»Ich weiß nicht, wie es ist, gesund zu sein«, murmle ich.

»Na, gesund sind Sie, wenn der Tag Sie anlacht, und Sie springen fröhlich wie ein junges Reh durch die Blumen über eine Wiese und fühlen sich frei«, ruft der Arzt enthusiastisch.

»Dann will ich gar nicht gesund sein«, sage ich.

Er gibt mir die Tabletten, und ich gehe wieder nach Hause. Ich lege mich in mein Bett und starre an die Decke. In meinen Fieberschüben verliere ich jegliches Zeitgefühl. Irgendwann kommt meine Freundin.

»Was ist denn los, mein Kleiner?«, ruft sie, als sie mich vollkommen ermattet im Bett liegen sieht. »Du siehst so blass aus.« Sie zwickt mich mit ihren Fingern in meine Backen, wie es meine Mutter früher gemacht hat. Aber mit meiner Mutter hatte ich keinen Sex. Das Zwicken tut auch weh.

»Ich bin krank«, sage ich.

»Och, das tut mir aber leid, mein Kleiner. Dann gehen wir am besten gleich schlafen. Ich hab sogar eine Bibi-Blocksberg-Kassette mitgebracht, die können wir hören. Die Folge heißt ›Bibi ist krank‹.«

Meine Freundin kann nur schlafen, wenn jemand redet. Beziehungsweise, sie schläft immer ein, wenn jemand redet. Sie schläft also vor allem im Kino, im Theater oder auf Lesungen. Wenn ich rede, schläft sie auch ein. Wir streiten uns nie.

Jetzt schläft sie natürlich auch sofort ein, weil die Bibi-Blocksberg-Kassette läuft. Ich finde die Kassetten aber immer so spannend, dass ich sie ganz hören muss. Als Bibi sich gesund gehext hat und die Kassette zu Ende ist, bekomme ich einen mehrstündigen Hustenanfall. Meine Freundin wacht nicht auf, weil sie auch gut schlafen kann, wenn jemand hustet. Gegen 5 Uhr in der Frühe schlafe ich endlich ein. Da klingelt das Telefon. Ich stehe schwerfällig auf, schleppe mich zum Telefon, es könnte ja die Marktforschung sein. Es ist aber die T-Net-Box.

Die T-Net-Box sagt: »Vor fünf Stunden rief Sie folgende Nummer an: Nummer unbekannt. Der Anrufer hinterließ folgende Nachricht für Sie: keine Nachrichten gespeichert.«

Ich lege auf und kann nicht wieder einschlafen. Am nächsten Morgen bemerke ich, dass ich über Nacht am ganzen Körper Ausschlag bekommen habe.

Ich gehe also wieder zum Arzt. Da muss ich mich abermals auf die gelbliche Liege legen, bis der Arzt kommt.

»Na, was fehlt uns denn heute?«, fragt der Arzt, als hätten wir uns nicht vor vierundzwanzig Stunden das letzte Mal gesehen. Da erwachen meine Lebensgeister, ich springe von der Liege auf und rufe: »Was uns fehlt, ist eine gemeinsame Grundlage, eine Grundlage, auf der wir beide gleichberechtigt existieren können. Sie, der Arzt, verdienen an meiner Krankheit. Sie haben also überhaupt gar kein Interesse daran, dass ich, der Patient, gesund werde. Ich werde mich jetzt zu meiner Krankheit bekennen. Ich werde nicht mehr versuchen, gegen meine Natur gesund zu werden. Krankheit als Weg!«

Ich hüpfe vor dem Arzt rum und rufe stolz: »Ich bin krank! Ich bin krank!«

Dann sacke ich wieder zusammen. Das war jetzt doch ein bisschen zu anstrengend.

»Sie werden wunderlich«, sagt der Arzt und schaut mich zum ersten Mal, seit wir uns kennen, mitleidig an. »Sie sind doch Kassenpatient. Ich verdiene gar nichts an Ihnen.«

»Das tut mir leid«, sage ich leise.

»Hier ham Sie noch Tabletten«, sagt der Arzt und hält mir ein paar bunte Pillen vor die Nase.

»Danke«, sage ich und lege mich wieder auf die Liege. »Ich bin ja auch irgendwie ganz gerne krank.«

»Ich weiß«, sagt der Arzt.

»Ich bin krank«, sage ich noch mal ganz leise, dann schlafe ich friedlich auf der gelblichen Liege ein.

GUTEN RUTSCH

von Christian Ritter

»Hey, Zivi«, rufe ich dem Jungen nach, der gerade mit meiner gut gefüllten Urinflasche verschwinden will. Ich habe die Absicht, ihn mit dem Schmuggel einer Flasche Schnaps zu beauftragen.

»Ich bin kein Zivi, ich bin Bufdi«, sagt der Zivi und lächelt stolz und blöde. Mit meiner Pisse in der Hand. Er startet unverlangt einen Vortrag über die Wichtigkeit des Bundesfreiwilligendienstes, gespickt mit einigen geistigen Exkursionen in den Bereich des Ehrenamts an sich, zum Beispiel DLRG, wo er auch Mitglied sei, er sei damals der Erste in seiner Klasse gewesen, der das Seepferdchen –

»Is' ja gut«, unterbreche ich. »Fassen wir also zusammen: Du bist so was wie ein Zivi, mit dem Unterschied, dass du nicht mal Geld dafür bekommst.«

Er meint, das sei gewissermaßen eine provokative Aussage, die im Grunde genommen aber stimme.

Ich frage ihn, ob er mir eine Flasche Schnaps reinschmuggeln könne. Er sagt, das widerspreche seinen Prinzipien. Ich beschließe, dass aus dem Jungen nie was werden wird, und frage ihn nach seinem netten Kollegen. Der von vorgestern und gestern, der einem für fünf Euro Trinkgeld alles besorgt und auch nicht aufmüpfig protestiert, wenn man ihn Zivi nennt.

»Den Konrad meinen Sie?!«, sagt der Zivi. »Der wurde gefeuert, weil er einem Patienten Haschplätzchen und Feuerwerksböller verkauft hat.«

Oh nein. Das zieht mich wirklich runter.

»Wie konnte er nur!«, rufe ich entsetzt aus.

Hoffentlich musste er nicht seinen ganzen Großhandel und seine Auftraggeber aufdecken. Nun ja, schade um Konrad, aber mit seinen Fähigkeiten wird er seinen Weg schon machen. Man wächst an Rückschlägen, das mag gar nicht so schlecht sein für den jungen Mann und sein zukünftiges Unternehmen. Zum Glück hat man hier auch ganz offiziell Zugriff auf guten Stoff.

»Wann kommt die Schwester denn mit der nächsten Runde Schmerzmittel?«, frage ich.

Der Zivi erklärt mir, dass er den Zeitplan der Gesundheitspflegerinnen und Gesundheitspfleger leider nicht im Kopf habe. Er könne mir aber einen Kamillentee für die Wartezeit bringen, dazu sei er befugt.

»Ja, und zum Füßewaschen und Rollstuhlschieben, ich weiß«, sage ich.

Ich kenne mich aus, ich war auch mal Zivi im Krankenhaus. Sogar genau da, wo ich jetzt wieder gelandet bin, auf der Orthopädie. Das war auch mein letztes regelmäßiges Einkommen. Solide Arbeit, zehn Monate am Stück, das soll mir erst mal jemand nachmachen! Und es gab zusätzliche Verdienstmöglichkeiten en masse. Nicht verwunderlich, dass mir Konrad so sympathisch war, ich habe damals so ziemlich genau dasselbe gemacht.

Korruption wäre vielleicht der falsche Ausdruck. Aber irgendwann hatte es sich unter den Patienten herumgesprochen, dass sich die Chancen, direkt nach dem Ausflug zum Röntgen oder ins MRT wieder von mir abgeholt zu werden und nicht eine Stunde verloren und frierend im Rollstuhl auf dem Flur herumstehen zu müssen, drastisch erhöhen, wenn man sich mir ab und an erkenntlich zeigte. Hier mal 'ne Mark, da mal 'nen Schein, danke fürs Wenden, bitte die Bettpfanne, wie stehen die Chancen, dass morgen ein Kümmerling zum Abendbrot gereicht wird? Da war eigentlich alles drin.

Was man als Stationszivi zu erledigen hat, füllt ja nun auch keinen Achtstundentag aus. Essen reintragen, Tabletts raustragen, Urinflaschen ausleeren, Rollstühle und Betten durch die Gegend schieben, leer und mit Inhalt, Füße waschen, Thrombosestrümpfe über adrige Beine zwängen. Das war's schon. Genug Zeit, um einen gut laufenden Roomservice zu etablieren.

Zwar war das Annehmen von Trinkgeldern durch den Zivildienstvertrag streng verboten, gewerbliche Nebentätigkeiten waren aber nicht ausdrücklich erwähnt, nach meiner Interpretation also auch nicht untersagt.

In eine Bild-Zeitung lässt sich so einiges einwickeln, und die war und ist noch immer das meistgehandelte Gut im Krankenhaus. Kann man was dagegen haben, bringt aber nichts. Man kann auch was gegen Asphalt haben. Der hält sich auch ewig, obwohl die Auflage bröckelt.

Ich hab es noch im Ohr, als wäre es gestern gewesen: »Junge, Zivi, Handlanger, bringst mir mal aus dem Lädchen 'ne Bild, und ...«, dann wurden die Stimme gesenkt und die geheimen Wünsche offenbart. Schnupftabak, zwei Kästen Bockbier, den Pullover von Ausbildungsschwester Annegret zum Dran-Riechen. Alles war möglich.

»Warum schauen Sie denn so, so entrückt und glücklich?«, fragt der Zivi.

»Könntest du mich vielleicht duzen, damit ich mich nicht so alt fühle?«, frage ich zurück.

Er sagt, das widerspreche seinen Prinzipien. Ich werde wütend und werfe eine Orange nach ihm. Er weicht geschickt aus, hat er sicher bei der DLRG gelernt.

»Na na na«, sagt er. »Sie sollten sich nicht so aufregen in Ihrem Alter. Ich werde dann mal Ihren Urin entsorgen. A tout à l'heure.«

Und weg ist er.

Zum Glück ist man als Kassenpatient im Krankenhaus nie allein. Ich teile mein Zimmer mit drei anderen Haudegen, die sich auch alle das Becken gebrochen haben. Vom Personal werden wir deswegen »Die Beckenrecken« genannt, das schweißt zusammen. Allerdings schlafen die anderen gerade alle, vielleicht ist einer von ihnen auch schon tot. Sie sind im Schnitt zwanzig Jahre älter als ich, da kann jeder Atemzug der letzte sein. Außerdem beneiden sie mich, nicht nur wegen meiner dreißigjährigen Jugendlichkeit, auch wegen meiner Art des Bruchs, die hier drin mit Abstand die harmloseste ist. Ich bin ein Gewinner!

Ich habe eine stabile Beckenfraktur, Typ A, linksseitig. Einmal ordentlich und gerade zerteilt, nach dem kleinen Unfall mit dem Schlitten und der etwas steilen Rampe, die ich für meine Neffen gebaut hatte und gleich selbst einweihen wollte, um zu demonstrieren, wie viel Spaß sie bereiten kann.

Herrmann, mit dem ich Füße an Füße liege, hat eine Typ B-Fraktur, auch Open Book genannt, weil sich die Beckenschaufeln jetzt nach außen aufklappen lassen beziehungsweise ließen, wenn nicht noch Teile Herrmanns drumherum lägen. Die anderen armen Gestalten neben uns haben einen Bruch vom Typ C, rotationsinstabil und vertikal instabil. Die muss man erst mal ordentlich ausschaben und ihnen ganz neue Ersatzteile einsetzen, wenn das noch mal klappen soll mit der selbstbestimmten Fortbewegung. Das hat alles der Arzt so gesagt, ziemlich wortwörtlich, als er zuletzt bei uns war, vor etwa einer Woche. Ich glaube, es war sogar an Heiligabend. Seitdem läuft der Betrieb ein bisschen auf Sparflamme. Der Chirurg, der uns operieren sollte, macht Urlaub auf Fuerteventura, sein Stellvertreter hat sich beim Schlittenfahren das Becken gebrochen. Es ist ein wirklich schöner, schneereicher Winter draußen. Und sehr kalt. Aber in unseren Gipsbetten sind wir sicher.

Der Zivi kommt wieder rein und bringt eine neue Urinflasche. Zu meiner Zivi-Zeit haben wir die mitgehen lassen und sie im Wohnheim in Trinkspiele eingebunden. Wir hatten ja sonst nichts damals. Die Zeit vertrieben wir uns mit Rollstuhlrennen, Wetten auf den nächsten Toten, Saufen aus Urinflaschen und gelegentlichen Ausflügen in die Homoerotik. Ich war in einem katholischen Krankenhaus.

»Ich hab's mir überlegt«, sagt der Zivi. »Ich werde Sie nicht duzen, aber ich leiste Ihnen gern Gesellschaft. Sie sehen so einsam und traurig aus, und immerhin ist heute Silvester. Wir könnten zusammen *Dinner for One* schauen. Das kommt gleich zum vierten Mal heute.«

Ich werde wieder wütend und werfe eine weitere Orange nach ihm. Diesmal treffe ich.

»Das sag ich!«, ruft er und rennt raus.

»Huch, war was?«, sagt Herrmann, der wohl gerade aufgewacht ist.

»Ich hab den Zivi mit einer Orange erwischt.«

»Die heißen heute Bufdis.«

»Ich weiß.«

»Das wird Konsequenzen haben, Typ A.«

»Was soll mir denn schon passieren? Ich lieg hier in meiner Gipshose im Bett und kann mich nicht bewegen. Schlimmer kann's ja wohl nicht kommen.«

»Wirst schon sehen.«

Als wäre Herrmann der Erzähler dieser Geschichte, leitet er mit diesem Satz das Grande Finale ein, das ich so nicht erwartet hätte. Der Zivi erscheint in Begleitung einer robusten Krankenschwester wieder im Zimmer, sie übernimmt das Kommando: »Ich habe gehört, hier kann sich jemand nicht beherrschen? Braucht da jemand eine kleine ... Auszeit?«

Oh nein. Leider weiß ich von früher noch ganz genau, was das bedeutet. Sie wird das härteste Mittel anwenden, das einer Krankenschwester ohne ärztliche Anweisung zur Verfügung steht: die Fixierung.

»Bitte nicht«, flehe ich. »Ich gebe Ihnen ganz viele Orangen!«

»Da hätte er mal früher drüber nachdenken ... ICH KENNE DICH DOCH!«

»Was? Wie?« Scheiße. Man sieht sich immer zweimal im Leben.

»Du warst doch damals Zivi und hast von den Patienten Geld dafür genommen, dass sie sich an meinen Pullovern aufgeilen können.«

»Daran riechen«, korrigiere ich.

»Mach deinen Mund auf!«, befiehlt sie und greift zu einer Orange.

Ohne nennenswerte Gegenwehr ist ein Patient recht schnell fixiert. Keine zwei Minuten später bin ich nicht nur in der Hüftregion, sondern an vier weiteren Stellen ans Bett gegurtet. Den Kopf kann ich noch ein bisschen drehen, allerdings hat sie mir auch das Kopfkissen weggenommen, sodass mein Sichtfeld von links nach rechts das Waschbecken, die Decke und einen Typ-C-Beckenbruch zeigt. Die Orange hat sie mir aus Fürsorge wieder aus dem Mund genommen, als alles vorbei war. Sie hat sie durch einen Ballknebel ersetzt, den ich bislang nur aus schüchternen Ausflügen in die SM-Szene kannte.

»Ordentliche Arbeit«, sagt sie, klatscht sich die Hände ab und geht nach draußen. Der Zivi hinterlässt noch den Hinweis, dass *Dinner for One* gleich zum fünften Mal laufe, falls sich das jemand anschauen wolle.

»Hab's dir ja gesagt«, sagt Herrmann, als sie verschwunden sind. »Um zwölf kommt übrigens die Stripperin mit der Bierbong. Hab ich gestern noch bei Konrad bestellt.«

Ich hebe als Antwort meinen kleinen Finger.

»Guten Rutsch!«, sagt er.

PLACEBOPSYCHOLOGIE
ODER:
WIE VIEL VON DEN MILLIARDEN FORSCHUNGSGELDERN KOMMT DENN BEIM PATIENTEN AN?

von Horst Evers

Ich habe mir den Rücken gebrochen. Also quasi, weil ich einem Freund beim Umzug geholfen habe. Da habe ich mir beim Anheben der Waschmaschine zumindest mal sämtliche Bänder, Muskeln, Sehnen, und was immer es so im Rücken gibt, gerissen. Aber voll. Den Schmerzen nach, hab ich mir das alles vermutlich sogar mehrfach gerissen. Wenigstens drei- oder viermal. Klingt heftig? Ist es auch! Alles mehrfach gerissen. Aber hallo!

Die Rückenärztin bestätigt meine Diagnose im Groben, bringt das Ganze formulierungsmäßig aber auf eine übliche medizinische Fachformel, indem sie sagt: »Na ja, da haben Sie sich wohl einen Nerv eingeklemmt, was?«

Gut, ich will nicht angeben, aber ich finde, meine Beschreibung meines kompletten Rückendurchrisses macht eindeutig mehr her. Zumal ihr gelangweilter Ton für einen derart zerschmetterten Patienten wie mich auch recht irritierend ist.

»Müssen Sie denn demnächst irgendwas machen?«

Was für eine Frage! Ob ich was machen muss? Ich muss leben! Existieren! Vielleicht auch mal einfach nur so stehen! Möglichst gerade! Da hab ich Spaß dran! So einer bin ich! Geradestehen ist meine Leidenschaft! Also Geradestehen, ohne vor Schmerzen jämmerlich heulen zu müssen. Find ich Hammer! Rumstehen und Heulen ist echt nur halb so cool! Auch Frauen spricht das meistens nicht besonders an! Ich habe es probiert. Aber diese Legende, dass Frauen weinende Männer toll finden, gilt wohl nur, wenn überhaupt, wenn die Männer wegen ihnen oder zumindest der Familie heulen. Ansonsten sind sie, auch wenn sie es nicht zugeben würden, eigentlich eher neidisch auf den Fußballverein oder auf den Hammer, der dem Mann gerade auf den Finger geschlagen hat. »Wegen Fußball oder einem abgeschlagenen Finger heulste, doch ich bin dir offensichtlich wohl völlig egal.«

Das alles könnte ich auf ihre Frage, ob ich denn »demnächst was machen muss« antworten, tue es jedoch nicht, da ich aus unerfindlichen Gründen möchte, dass sie mich mag. Stattdessen spiele ich nur den Ball unverbindlich zurück: »Wie meinen Sie das, ob ich was machen muss?«

»Na, mit dem Rücken, ist der demnächst stärkeren Belastungen ausgesetzt?«

Was sind denn »stärkere Belastungen«? Was denkt die denn, wofür ich meinen Rücken brauche? Nee, Frau Ärztin, ist kein Problem. Hier so Schultern, Arme und Kopf kann ich ja demnächst auch einfach mal am Knie tragen. Dann kann sich der Rücken mal ein bisschen von den stärkeren Belastungen erholen. Muss man dann nur wieder aufpassen wegen Meniskus; wenn das alles am Knie hängt, wird dem das ja womöglich auch wieder zu viel, und dann ...

Aber auch das sage ich nicht. Nein, weil ich eben ein unkomplizierter, vorbildlicher Patient sein möchte, der nicht unnötig provoziert, sondern einfach klare, kurze, sachliche Antworten gibt, sage ich natürlich: »Ja, ich muss demnächst als Pferd arbeiten.«

»Was?«

»Na, wissen Sie doch. Die Grünen wollen das jetzt doch abschaffen. Das Ponyreiten auf Jahrmärkten. Wegen Tierschutz. Und deshalb haben sich die Jahrmarktbetreiber überlegt, engagieren sie statt der Ponys eben Kleinkünstler, satteln quasi um. Und da hab ich jetzt ein paar gute Jobs als Pony an Land gezogen. Und da brauch ich natürlich den Rücken für.«

Sie nickt.

»Ja dann.«

Bin mir jetzt doch nicht ganz sicher, ob sie mich immer noch mag. Zumindest bittet sie mich, mich bis auf die Unterhose frei zu machen und bäuchlings auf die Liege zu legen. Ich denke noch so, warum setzt die sich jetzt »Micky Mäuse« auf, also diese riesigen Ohrschützer vom Bau, als sie auch schon mein Bein hochreißt und ich spontan überlege, ob einem wohl von den eigenen Schmerzensschreien die Trommelfelle platzen können. Bin erleichtert, als ich immerhin noch ihre Frage hören kann: »Und wollen Sie mir noch mehr vom Pferd erzählen?«

Denke, so schlimm war es ja doch nicht. Zumindest ging es schnell vorbei. Dann hebt sie mein anderes Bein. Ich flüchte mich in eine lokale Ohnmacht. Also, wo nur einzelne Körperteile das Bewusstsein verlieren und man wenigstens noch laut schreien kann. Das habe ich mir in meiner Jugend antrainiert. Damals konnte ich halbe Nächte hindurch reden, trinken und auf Toilette gehen, obwohl der gesamte Rest des Körpers längst besinnungslos war.

Nach circa fünf Minuten ist alles vorbei. Wobei das nur eine grobe Schätzung ist. Im Prinzip könnte natürlich auch eine halbe Nacht vergangen sein. So was passiert. Damals waren die halben Nächte, die ich durchgetrunken und -geredet habe, ja auch manchmal tagsüber.

Die Ärztin nimmt die Ohrschützer ab und fragt grinsend, ob es für mich genauso schön war wie für sie. Ich bin leider zu heiser, um zu antworten.

Dafür sind die Schmerzen weg. Kaum zu fassen, sie hat es wirklich geschafft, eine Zauberin. Sie sieht mein dankbares Strahlen und sagt: »Keine Angst, die Schmerzen werden schon in Kürze wieder zurück sein. Machen Sie mal so.«

Ich mache so. Tatsächlich, der schon vertraute Schmerz meldet sich etwas schüchtern, aber doch deutlich spürbar zurück.

Während ich mich anziehe, frage ich mit brüchiger Stimme: »Werden die Schmerzen für immer bleiben?«

»Nein, aber von selbst gehen sie auch nicht. Da wird deutlich mehr notwendig sein.«

Ich bin auf alles gefasst. Spritzen, weitere Brutalo-Massagen, eine Operation, eine Rückentransplantation, ich bin finster entschlossen zu tun, was getan werden muss, furchtlos. Vielleicht muss ich auch zu einem Spezialisten. In die USA oder nach Fernost, in einem Spezialhubschrauber. Und wenn schon, ich werde es durchziehen. Mich kann nichts schocken. Dachte ich. Denn mit dem was nun kam, hatte ich wirklich nicht gerechnet. Sie reicht mir ein Din-A4-Blatt.

»Was ist das?«

»Übungen. Für den Rücken. Machen Sie fünf Mal täglich. Alle acht, je zehn Mal, dann ist das in zwei Wochen wieder gut.«

Rückenübungen, auf einem handkopierten Din-A4-Zettel. Kann es eine popeligere, demütigendere Therapie geben? Fast 80 Milliarden Euro stecken Staaten und Unternehmen jährlich in die medizinische Forschung. Und ich bekomme einen handkopierten Zettel mit Rückenübungen. Traurig schaue ich die Ärztin an.

«Kriege ich denn nicht wenigstens ein verschreibungspflichtiges Hammermittel? Irgendetwas, das mir das Gefühl gibt, in meinem Schmerz ernst genommen zu werden?«

Sie schüttelt den Kopf. »Nee, sonst arbeiten Sie mir am Ende doch noch als Pony. Aber ich habe was anderes für Sie.«

Sie drückt mir eine CD in die Hand.

»Was ist das?«

»Das ist ein Mitschnitt Ihrer Schmerzensschreie von eben. Wenn Sie das als Erinnerungssignal in Ihrem Handy speichern, vergessen Sie nie, die Übungen zu machen, und in Kürze wird Ihr Rücken so fit sein, dass Sie vielleicht sogar mit Ihrer Ärztin tanzen können.«

Dann lacht sie.

Denke, wahrscheinlich ist das nur ein Trick. Wahrscheinlich weiß sie, dass neunzig Prozent ihrer männlichen Patienten alles tun würden, um ihr zu gefallen. Wahrscheinlich wird sie nie mit mir tanzen. Aber funktionieren tut ihr Trick natürlich trotzdem. Immerhin. Wahrscheinlich so eine Art Placebopsychologie.

GESUNDHEIT ALS KRANKHEIT

von Kirsten Fuchs

Erika: Hallo, Heide!

Heide: Hallo, Erika!

Erika: Schlimm siehst du aus.

Heide: Ja, danke, das ist lieb von dir, aber du musst nicht lügen ... Ich weiß, ich sehe blendend aus. Mir geht es auch gut. Mir geht es *so* gut.

Erika: Ach, au weia, immer noch? Das war doch letztes Mal schon so, als wir uns gesehen haben. Was hast du denn?

Heide: Ach, furchtbar, frag nicht. Ich bin seit drei Wochen gesund. Am Anfang war ich nur so ein bisschen gesund.

Erika: Seit drei Wochen schon, Mensch, Heide! Das tut mir aber leid. Wie kommt das denn?

Heide: Ich weiß nicht, ob ich mich bei Friedrich angesteckt habe. Bei dem sind alle auf Arbeit gesund.

Erika: Oh, das ist ja furchtbar. Auch für den Chef. An den denkt ja nie einer. Dann sind ja alle die ganze Zeit da.

Heide: Ja, er hat auch gar nichts mehr zu tun. Alle Aufträge erledigt. Sie wissen gar nicht, wohin mit dem Geld.

Erika: Und Friedrich ist auch so gesund, ach ach ach. Das alles zwei Jahre vor Friedrichs Rente. Was hat er denn?

Heide: Ich weiß nicht, er muss was Gesundes gegessen haben, und dann der lange Urlaub. Du weißt ja, wie das erholt, jeden Tag diese Erholung, immer nur Urlaub, Urlaub, Urlaub und am Wochenende dann immer dieses Ausschlafen.

Erika: Ja, klar, so was macht gesund.

Heide: Ach, hör bloß auf. Sein Magen ist völlig in Ordnung. Das Knie tut nicht weh, keine Rückenschmerzen, überhaupt kein Zipperlein hier oder da.

Erika: Das ist doch nicht normal in seinem Alter. Na, da muss er mal zum Arzt gehen. Der kann doch da bestimmt was machen. Die haben doch immer irgendwas Ansteckendes da.

Hilde: Ach, hör auf. Der Arzt hat uns auch keine Hoffnungen gemacht. Sieht alles gut aus, hat er gesagt.

Erika: Ach, Mensch, was macht ihr denn da jetzt?

Hilde: Wir haben uns einen Ratgeber gekauft: »Krank im Alter«.

Erika: Ach, da steht doch überall dasselbe drin. »Fangen Sie mit dem Rauchen an.« Das weiß doch jeder. Aber das ist so schwer. Ich hab es schon dreimal angefangen. Ich halte das nicht durch.

Hilde: Du musst dieses Buch lesen. »Endlich Raucher!« Bei mir hat das geklappt. Ich rauche eine Schachtel am Tag.

Erika: Mensch, toll!

Hilde: Also, der Friedrich hat jetzt aufgehört, Gemüse zu essen, und nimmt jetzt stattdessen sehr viel Zucker zu sich, aber was soll man machen? Jetzt heißt es erst einmal abwarten.

Erika: Ja, und die ganzen Arbeiten am Haus?

Hilde: Ja, nichts mehr. Die haben wir alle erledigt, weil es uns so gut geht. Da ist *nichts* mehr. Wir haben tapeziert, gemalert, neues Parkett verlegt, wir waren sogar bei einem

Tanzkurs und haben uns beim Tischtennis angemeldet. Erika, ich kann nicht mehr. Das kann so nicht weitergehen.

Erika: Ach, das habt ihr nicht verdient. Wenigstens mal eine Woche Ruhe und eine kleine Erkältung ...

Hilde: Erika, das Schlimmste ist ja, wenn die Kinder gesund sind. Sogar die Enkelkinder, die müssen das geerbt haben – alle gesund. Es ist zum Verrücktwerden. Wie geht es dir eigentlich, Liebes?

Erika: Ach, ganz großartig. Wenn ich morgens wach werde, dann tut mir überhaupt nichts weh.

Hilde: Sag mal, das war doch früher nicht so, oder? Da kannst du mir doch erzählen, was du willst. Da waren die Leute doch nicht immerzu gesund. Das hat doch mit diesen Atomkraftwerken zu tun.

Erika: Nein, das war schon immer so. Es geht den Menschen wie den Leuten. Mein Schwager war ja auch jahrelang gesund. Immer wenn sie dachten, es wird besser, ist er wieder gesund geworden. Er hat dann eine Langzeittherapie bekommen, aber es half nichts. Er ist dann erst mit hundert Jahren gestorben, und du musst dir das mal überlegen, die ganzen letzten zwanzig Jahre war der immerzu gesund!

Hilde: Ach, Erika, das ist doch kein Leben. Keine Medikamente, keine Arztbesuche. Ich weiß nicht.

Erika: Ich hab mir jetzt einen Hammer gekauft und hau den mir manchmal auf den Kopf. Das ist zwar nur kurzfristig, aber ein bisschen entlastet das schon.

Heide: Ein Hammer, so so, den gibt's in der Apotheke?

Erika: Ja, den gibt's in der Apotheke.

Heide: Na, dann hol ich mir jetzt auch so einen.

Erika: Ja, und viel Erfolg.

Heide: Ja, danke, mach's gut.

IM VOLKSMUND

von Ahne

Jedes Mal vergesse ich, wie mein Zahnarzt mit Nachnamen heißt. Nennt er sich nun Dr. Schwarz oder Dr. Schneider? Das eine ist die Frau, das andere der Mann, aber ich weiß immer nicht: Wer ist wer? Die sind ja beide verheiratet und betreiben eine gemeinsame Praxis, jedoch, wahrscheinlich um Verwirrung zu stiften, behielten sie ihre Familiennamen nach der Hochzeit bei. Ziemlich gemein, finde ich, aber sie sind nun mal gute Zahnärzte, und ich gehe gerne zu ihnen. Nun ja, gerne? Ich gehe zu ihnen, das will bei mir schon was heißen. Ich habe ja Zahnfleisch, das gerne mal blutet und noch gerner zurückgeht, und das darf es aber nicht, weil, wenn es ganz zurückgehen würde, das sieht ja nicht aus, da komme ich ja nicht mehr ins Fernsehen oder muss eine Maske aufsetzen, wie dieser Panda-Rapper, von dem ich den Namen ebenfalls vergessen habe. Schneider war es nicht. Müller vielleicht? Oder Meier? Schulze?

Die meisten Namen haben ja was mit Berufen zu tun. Oder mit Farben. Schwarz, Weiss, Braun, Roth. Grün gibts auch. Gelb selten. Aber Blau heißt meines Wissens nach niemand. Vielleicht weil es keine blaue Hautfarbe gibt? Okay, es gibt auch keine grüne Hautfarbe, aber grün kann man werden, vor Neid, zumindest im Volksmund.

Mein Zahnarzt redet gerne mit mir, während der Behandlung. Ich unterziehe mich nämlich gerade einer Behandlung, einer Parodontose-Behandlung, da wird der Zahnstein unter den Zahnfleischtaschen entfernt. Das ist ziemlich angenehm, wenn man Schmerzen mag. Das blutet doll. Aber eine Spritze bekomme ich nicht, denn eine Spritze, die will ich gar nicht, sagt wenigstens mein Zahnarzt. Ich kann meist nichts erwidern, weil er mit seinen Instrumenten in meinem offenen Mund herumfuhrwerkt, und mit offenem Mund artikuliert es sich schlecht. Aber ich vertraue ihm. Wenn er sagt, dass ich keine Spritze will, dann wird das schon stimmen. Warum sollte er mich belügen?

Früher hatte ich immer sehr schlechte Zahnärzte. Die einen wollten mein Geld, die anderen konnten nichts. Ich hatte mal eine Zahnärztin, die dreimal hintereinander eine Wurzelkanalbehandlung durchführte und dreimal hintereinander den falschen Wurzelkanal erwischte. Dann endlich wollte sie den Zahn ziehen, dabei ist er ihr aber zerbrochen, und sie hat die Wurzel nicht mehr herausbekommen, stand traurig da, in ihrem Kittel, völlig voller Blut, und ich schreibe mit Absicht »völlig voller Blut«, weil nur die Dopplung »völlig voller« jene charmante Würze des Bildes in ihrer gesamten Ekelhaftigkeit auszudrücken vermag. Den Zahnarzt, den sie anschließend unter Tränen mittels Telekinese oder Telefon, so genau weiß ich das nicht mehr, herbeirief, der jedenfalls schlug die Hände über seinem Kopf zusammen und verabreichte mir erst mal eine Spritze, obwohl ich bereits vorher vier Spritzen bekommen hatte, aber wohl falsch gesetzt alle, sodass ich zwar in meinen Beinen nichts mehr fühlte, ansonsten aber sehr wohl.

Na ja. Letzten Endes bin ich selber schuld. Ich putze mir nämlich nie die Zähne. Hab ich einfach keine Lust zu. Langweilig. Zähneputzen ist langweilig. Ätzend langweilig! Immer dasselbe. Jeden Morgen. Manche putzen sich ja sogar abends die Zähne. Jeden Morgen und jeden Abend. Von oben nach unten. Vom Zahnfleisch zu den Zähnen. Von rot nach weiß. Ich sag mal, ich habe ja nur dieses eine Leben. Soll ich etwa, wenn ich am Ende meines Seins resümierend im Bett liege, soll ich mir dann etwa sagen: »Ahne, du kannst wirklich zufrieden sein. Du hast zwar keine Abenteuer erlebt, aber Zähne geputzt. Jeden Morgen, jeden Abend. Von oben nach unten. Volle drei Minuten. Du hast mit dem Seiflappen für obenrum dich obenrum gewaschen und mit dem Seiflappen für untenrum dich untenrum gewaschen, niemals umgekehrt! Deine Kinder könnten stolz auf dich sein, wenn du Kinder hättest.«?

In der DDR, als Zahnärzte noch mit Hammer, Zirkel und Ährenkranz operierten, habe ich ja mal überlegt, mir sämtliche Zähne ziehen zu lassen, um ein künstliches Gebiss eingesetzt zu bekommen. Ich dachte, dann gäbe es keine Probleme mehr, wie man heute weiß, eine Utopie, vergleichbar der des Kommunismus, aber der Ostzahnarzt ließ sich sowieso nicht darauf ein. Stasi vielleicht, oder er wollte Westgeld.

Heute dagegen bin ich froh, meine Zähne noch zu besitzen, würde stattdessen lieber das Zahnfleisch wechseln, doch auch das geht nicht, sagt zumindest Dr. Schwarz oder Dr. Schneider, je nachdem.

GESPRÄCH BEIM ARZT

von Robert Rescue

1.) ANAMNESE – die Theorie:
Auszug aus der Wikipedia: *Die Anamnese (von griechisch anámnēsis, »Erinnerung«) ist das Ergebnis einer Erhebung im Rahmen der ärztlichen Tätigkeit. Die Anamnese fasst die Leidensgeschichte eines Patienten aus seiner persönlichen Erfahrung zusammen, die Aufzeichnung besorgt der behandelnde Therapeut. Die Anamnese wird im Regelfall vor oder spätestens bei der medizinischen Untersuchung erhoben oder ist Teil der Untersuchung, beispielsweise zur Erstellung eines psychopathologischen Befundes.*

2.) ANAMNESE – die Praxis:
»Also, angefangen hat das gestern mit so leichten Schwindelanfällen mit einer Dauer von etwa fünf Minuten. Ich hatte einen Auftritt, und davor hat mich die Olga Neumann angesprochen, so eine Nervensäge, die jedes Mal auf mich zukommt und wissen will, wie sie den Nobelpreis für Literatur erhalten kann und ob ich ihr dabei helfen könne. Dass ich ihr nicht helfen kann, rafft die einfach nicht. Auf jeden Fall dachte ich, ist doch kein Wunder, wenn ich da einen Schwindelanfall bekomme, das ist doch bestimmt ein Symptom für Stress. Heute dann, als ich auf-

gestanden bin, war der Schwindel permanent, und dazu kamen Schweißausbrüche. Das Frühstück habe ich kurze Zeit später erbrochen. Hatte ich gesagt, dass ich heute Geburtstag habe? Ich habe also Geburtstag und dachte, na, das ist ja ein schönes Geschenk, na, das ist ja ein toller Geburtstag. Wissen Sie, Herr Doktor, ich bin nicht so ein Geburtstagsmensch, so mit Feiern und Kerzenausblasen und so einem Mist. Ich habe so mein eigenes, kleines Geburtstagsritual, ich weiß an dem Tag, dass was anders ist als an den anderen Tagen, also so ein wenig Bewusstsein für die Besonderheit habe ich schon. Auf jeden Fall war an Arbeit am Computer nicht zu denken. Also habe ich mich ins Bett gelegt und gehofft, dass es vorbeigeht. Ich fühlte mich elend, und der Schwindel war auch im Liegen noch da, aber ich dachte mir, vielleicht vertrage ich auch Geburtstage nicht mehr so gut wie früher. Ganz früher habe ich Geburtstage natürlich auch schon schwierig gefunden, deswegen hatte ich ja auch mein ganz persönliches Ritual entwickelt, und jetzt lag ich nun also im Bett und dachte mir, was soll ich denn noch alles an meinem Geburtstag nicht tun, um nicht so gestresst zu sein, dass ich gleich einen Schwindel entwickle? Haben Sie verstanden, was ich sagen will? Diese doppelten Verneinungen sind ja nichts für jeden, Olga Neumann weiß schon, warum sie gerade mich immer auf den Literaturnobelpreis anspricht, aber darum geht es jetzt gerade nicht, ich wollte ja von meinem Geburtstag erzählen. Ich dachte jedenfalls, vielleicht hilft es gegen meinen Schwindel und gegen die Kotzerei und den ganzen Rest, wenn ich mir mein Geburtstagsgeschenk gebe. Hatte ich schon gesagt, dass ich ein Geburtstagsgeschenk vorbereitet hatte? Ein neuer 27-Zoll-iMac sollte mein Geschenk sein, auf den hatte ich lange gespart. Ich habe mich jedenfalls fertig gemacht und bin zum Store nach Mitte gefahren. Ich fühlte mich wackelig auf den Beinen, und wahrscheinlich war ich auch nicht ganz fit im Kopf, denn nur so lässt sich erklären, dass ich dort einen Fehler gemacht habe. Ich bin zu einem Mitarbeiter auf der linken Seite gegangen, wo das ganze Windows-Zeug steht, und habe dem gesagt, dass ich einen 27-Zoll-iMac haben will. Der Windows-Verkäufer hat sich vermutlich gedacht: »Ha! Wollen wir doch mal sehen!«, und dann hat er nicht den mit dem Haswell-Prozessor und dem neuen Mac OS 10.9.1 Mavericks genommen, sondern einen mit Mac OS 10.8.3 und ohne Haswell-Prozessor und »Ende 2012« stand sogar drauf, aber da war mir mein Schwindel dazwischengekommen, deswegen hatte ich das nicht gesehen, und so stand ich zu Hause mit meinem Schwindel und dem falschen Rechner und war sicher, wenn ich nicht schon einen Schwindel hätte, dann würde ich sicher jetzt einen bekommen, und damit ich nicht noch was Schlimmeres bekomme – wobei, ich weiß ja nicht, ob Sie so etwas schon mal hatten, ein Schwindel ist schon so ziemlich das Schlimmste –, jedenfalls habe ich vorsichtshalber eine Banane gegessen. Dann dachte ich, was ist schon eine Banane, deswegen habe ich auch noch den kalten Döner gegessen, den ich vom Tag vorher noch hatte, weil ich dachte, was Ordentliches im Magen wäre gut, wo ich doch die Kotzerei gehabt hatte, da war ja nichts mehr drin im Magen, und da braucht man sich nicht zu wundern, wenn man sich schlecht fühlt, dachte ich. Olga Neumann, dachte ich, als ich im Bett lag und nicht wusste, ob ich lieber zum Klo wanken oder den Schwindel beruhigen sollte, sollte mich jetzt mal sehen. So ein Schriftstellerleben ist auch nicht immer aus Gold. Jetzt sitzt sie auf jeden Fall im Wartezimmer und wartet darauf, was Sie mir verschreiben, richtige Kranke können manchmal nicht einmal mehr zur Apotheke gehen, so krank, wie die sind, sagt sie. Ach, bevor Sie das fragen, Herr Doktor, nein, ich habe nicht im Internet nachgeschaut, was ich haben könnte. Ich finde das doof und Panikmache. Da steht dann irgendwas Schlimmes, was man eigentlich aber nicht hat, und man bekommt Angst. Das konnte ich auf meinem neuen Rechner gar nicht, wo das so ein unbrauchbares Ding ist, viel schlechter als die alten Kisten in dem Internetcafé, an dem ich auf dem Hinweg vorbeigekommen bin. Ich hätte gern ein Mittel gegen den Schwindel, und dieses Betahistin in der 50er-Packung für 5 Euro käme mir preislich entgegen.«

BEI ÄRZTEN

von Volker Surmann

Beipackzettel:
Der folgende Text enthält deutliche anthropologische und medizinische Details, die manch ein Leser als anstößig empfinden könnte. Ihre Schilderung dient jedoch ausschließlich Zwecken der Aufklärung sowie der Dokumentation über tabuisierte Körpervorgänge.

1) Bei meiner Hausärztin
»Und wie äußern sich diese Beschwerden?«, fragt meine Hausärztin.

»Es juckt. Und tut gelegentlich weh – äh ...«

»Ja?«

»Und das unterliegt auch garantiert der Schweigepflicht?«

»Ja. Aber wie ich Sie kenne, schreiben Sie doch sowieso wieder 'ne Geschichte drüber.«

»Na ja, es ist beim Stuhlgang und so.«

»Aha. Es juckt und schmerzt beim Stuhlgang und so«, fasst meine Hausärztin zusammen. »Na, dann machen Sie sich mal frei.«

Vorsichtig ziehe ich Pullover und T-Shirt aus.

»Sagten Sie nicht ›Stuhlgang und so‹? Also Hose runter und einmal vorbeugen.«

Was soll ich sagen: Es gibt wenige demütigendere Erlebnisse, als sich in angedeuteter Hündchenstellung auf einer Arztliege abzustützen, während eine Hausärztin mit einem Gummihandschuh einem den Finger in den Popo schiebt und den Enddarm abtastet. Es soll Leute geben, die derartige Erlebnisse mit erotischen Fantasien verbinden. Ich gehöre nicht dazu.

»Hm, da könnte irgendwas sein«, sagt meine Hausärztin und ist fertig. »Wahrscheinlich harmlos. Hämorrhoiden oder Warzen oder irgendwas. Ich kenne mich damit nicht aus, Sie brauchen sich aber keine Sorgen zu machen – vermutlich.« Dann stockt meine Hausärztin, als sei ihr gerade etwas eingefallen: »Aber doof ist es schon, gell? – Wir lassen mal 'ne Rektoskopie machen.«

2) Bei der Rektoskopie

»Hier, das müssen Sie mir noch unterschreiben«, Frau Dr. Braungart hält mir einen Zettel unter die Nase.

»Was ist das?«

»Sie bestätigen, dass ich Sie über die Risiken aufgeklärt habe.«

»Aber Sie haben mich nicht über die Risiken aufgeklärt.«

»Richtig. Kann ja auch nichts passieren ... – Legen Sie sich da hin. Auf die Seite bitte. Popo vorstrecken. Ja, so ist's gut. Wir gucken jetzt mal rein. Und jetzt: Entspannen!«

Gar nicht so einfach, sich zu entspannen, wenn man mit nacktem Arsch auf einem Blechtisch liegt, über den sich gerade eine Ärztin und eine Arzthelferin beugen, die laufend Wörter von sich geben wie »tiefer«, »absaugen«, »weiter«, »noch etwas weiter vor«, »noch tiefer«.

Ein kleines endoskopisches Schläuchlein schiebt sich durch meine Innereien. Dort rumpelt und pumpelt es munter. Das

Endoskop bläst laufend Luft in meine Gedärme, damit es besser gucken kann. Funktioniert vermutlich so wie diese grässlichen Laubgebläse, mit denen Hausmeister im Herbst die Schulhöfe frei pusten. Mein Bauch bläht sich jedenfalls immer mehr auf.

»Meine Hausärztin sagte, es solle nur der untere Bereich ...«

»Jaja, jetzt seien Sie mal still und entspannen sich. – Wir gehen auf dreißig Zentimeter.«

Frau Dr. Braungart klingt wie eine U-Boot-Kommandantin im Marianengraben: »Sehr schön. Wir gehen dann auf fünfunddreißig Zentimeter.« – Käpt'n Nemo im Tiefenrausch. – »Vierzig Zentimeter.« Mein Bauch ist so aufgeblasen mit Luft, dass ich fürchte, ich werde gleich vom Behandlungstisch abheben.

»Sie können ruhig mit der Hand dagegenpressen!«

Ich drücke meine Hand, so kräftig ich kann, auf meinen Blähbauch. Durch die Bauchdecke spüren meine Finger ruckartige Bewegungen dort, wo ich nie im Leben noch Darm vermutet hätte. Eher Milz oder Magen oder so was, Zwerchfell und Lunge.

»Hallo! Hallo, Frau Dr. Braungart! Wenn Sie mir in den Rachen schauen wollen, können Sie das einfacher haben.«

»Wir sind ja gleich fertig. Noch einmal die Speiseröhre, ja, alles okay, Ihr hinterer Backenzahn ist leicht kariös. Oh, schau mal an, da ist ja schon meine Praxis ... Schwester, das Bild hängt schief.«

Prall gefüllt mit Luft entschwebe ich nach dieser Untersuchung dem Behandlungsraum. Ich fühle mich wie das Michelin-Männchen. Ich stürze auf die Toilette und breche den Weltrekord im Dauerpupsen.

Eineinhalb Stunden später: »Tja«, sagt Frau Dr. Braungart, »keine Hämorrhoiden, alles okay. Nur auf den letzten fünf Zentimetern ist irgendwas, aber ganz klein, vermutlich harmlos, aber damit kenne ich mich nicht aus ... – Ich geb Ihnen mal 'ne Überweisung zum Hautarzt. Soll der sich das mal anschauen.«

3) Beim Hautarzt

»Aha«, Dr. Flechtner studiert den Arztbrief seiner Kollegin. »Frau Dr. Braungart hat also irgendwas im Enddarm diagnostiziert. Dann schauen wir uns mal irgendwas an. Hose runter.«

Ich entwickle langsam Routine in der Schamüberwindung und beuge mich gekonnt nach vorn. Ich komme mir schon vor wie ein echter Profi.

Dr. Flechtner guckt auf meinen Po und scheint einen Moment lang hinter meinen Backen zu meditieren. »Sie können sich wieder anziehen. Ja, in der Tat, da ist wohl irgendwas. Ich verschreib Ihnen mal Zäpfchen, die lösen dann eine Autoimmunreaktion aus.« Er freut sich.

»Eine was?«

»'ne Entzündung. Sie nehmen sechs bis acht Wochen diese Zäpfchen, die Schleimhaut entzündet sich, und die befallenen Zellen werden abgestoßen. Ganz einfach.« Dr. Flechtner juchzt vor Vergnügen.

»Die von was befallenen Zellen?«

»Na, von irgendwas, steht doch in der Überweisung.«

»Und ... könnte ich damit etwa jemanden anstecken? Meinen Freund zum Beispiel?«

»Kommt drauf an, was es ist. Könnte sein. Also während der Behandlung besser keinen Verkehr.« Dr. Flechtner grinst beruhigend: »Aber keine Sorge, dazu haben Sie eh keine Lust. – Wegen der Schmerzen.«

4) Behandlung

In dem Beipackzettel der Zäpfchen steht, die Stellen, wo die in ihnen enthaltene Salbe hinkommt, soll ich nicht direktem Sonnenlicht aussetzen. Das wird sehr schwierig.

In die Zäpfchen sind Mullbindenstreifen eingearbeitet. Sie sehen ein bisschen aus wie Tampons, finde ich. Nach Anwendung wirkt es, als hänge mir eine Zündschnur aus dem Allerwertesten. Nicht selten in den nächsten Wochen werde ich das Bedürfnis haben, diese Zündschnur einfach anzuzünden und Brennen mit Feuer zu bekämpfen.

Ich sammle völlig neues medizinisches Wissen über menschliche Körperfunktionen: Flatulenz kann schmerzhaft sein, wer hätte das gedacht! Soziale Ächtung, Isolation, Ohrfeigen von Mitbewohnern, ja, davon hat man schon gehört, aber ich fühle mich tief am Ende meines Innersten, als könnte ich Feuer speien. Ich bin ein Rektaldrache.

5) Beim Chirurgen

»Es ist so«, höre ich Dr. Mardas Stimme, während ich gerade auf einer Art Gynäkologenstuhl hänge, »diese Therapie, die der Kollege da angewendet hat, ist manchmal sehr erfolgreich. Manchmal bringt sie aber auch nichts. Und, wie soll ich sagen, Sie gehören offensichtlich zur dritten Gruppe.«

»Zur dritten Gruppe?«

»Ja genau«, Dr. Mardas Kopf taucht zwischen meinen Oberschenkeln auf: »Der Gruppe, wo dadurch alles noch viel schlimmer wird.«

6) Im Krankenhaus

Der Stationsarzt Dr. Hundt ist unglaublich auskunftsfreudig. Das Aufnahmegespräch findet statt, als ich gerade meine erste Klinikmahlzeit einnehme: Gyros mit Reis und Zaziki. Dr. Hundt setzt sich zu mir und sagt: »Lassen Sie es sich schmecken. Wir sollen Ihnen also irgendwas im Analbereich entfernen.«

»Könnten Sie's vielleicht lateinisch ausdrücken?« Hochrot schiele ich zu Marcus, meinem Bettnachbarn. Er scheint gerade sehr neugierig zuzuhören. »Keene Sorge«, sagt Dr. Hundt und zeigt auf Marcus, »der hat ditselbe.« Mein Bettnachbar winkt schüchtern herüber. Das also ist Datenschutz für Kassenpatienten.

Dr. Hundt erklärt mir in allen Einzelheiten die bevorstehende Operation. Dabei schaut er so intensiv auf mein Gyros, als habe er vor, das Geschehen in meinem Enddarm gleich auf meinem Teller nachzustellen. Als ich später das halb aufgegessene Gyros von mir schiebe, ahne ich nicht, dass dies meine letzte Mahlzeit für achtundzwanzig Stunden ist.

Da das Eis zwischen Marcus und mir gebrochen ist, fachsimpeln wir ab jetzt vertrauensvoll über unsere Enddärme und führen wir uns unsere Klinikreizwäsche vor. Weiße Thrombosestrümpfe, die bis zu den Oberschenkeln reichen und von Marcus direkt »Strapse« getauft werden, sowie ebenfalls weiße, sehr transparente Netzhöschen, die dazu dienen, Verbandsauflagen an Ort und Stelle zu halten. Sie fühlen sich peinlich an, aber ich muss gestehen, dass Marcus darin sehr sexy aussieht. Ich selbst bekomme noch große, weiche Wundauflagen dazu. »Surfbretter« nennen sie die Schwestern, und ein bisschen sehen sie auch so aus. Sexy sind sie leider gar nicht.

7) Im OP
»Guten Tag, mein Name ist Dr. Weck, ich bin Ihre Anästhesistin—«

8) Im Krankenhaus (Fortsetzung)
Meine OP ist gut verlaufen. Alles heilt schnell. Der einzige kritische Punkt, heißt es, sei der erste Stuhlgang danach. »Und hatten Sie schon Stuhlgang?«, fragt Dr. Hundt beim Frühstück am nächsten Tag. »Und hatten Sie jetzt schon Stuhlgang?«, fragt Dr. Hundt beim Mittagessen. »Haben Sie schon? Konnten Sie schon? Mussten Sie endlich?«, fragen die Schwestern alle halbe Stunde. »Jaja, der Stuhlgang, kommt er heute nicht, kommt er morgen«, ruft die polnische Hilfsschwester laut über den Flur über spielende Kinder und ihre Eltern hinweg. Selbst meine Besucher und Anrufer fragen als Erstes besorgt: »Und?

Wie war der erste Stuhlgang?« Als Marcus am Tag nach meiner OP entlassen wird, wünscht er mir ein schönes weiteres Leben und für den ersten Stuhlgang alles Gute.

9) In der Apotheke

Nach meiner Entlassung muss ich mir Verbandsmaterial kaufen. In der Apotheke um die Ecke stehe ich in der Schlange und erbitte dann Mullauflagen und Surfbretter.

»Was meinen Sie? Und wieso sprechen Sie so betont leise?«

»Die Schwestern im Krankenhaus nannten die so. So größere, längliche Wundauflagen, die machen, dass die Betaisadona-Salbe nicht alles vollsuppt.«

»Ach so, die meinen Sie«, die Apothekerin ruft nach hinten: »Astrid, verkaufen wir auch einzelne Inkontinenz-Einlagen?«

10) Selbstmedikation

Eine Schwester hat mir 20 ml Novalgin-Tropfen in eine kleine Plastikspritze abgefüllt, Schmerzmittel für den ersten Stuhlgang und so. 10 ml sind eine Dosis. Ich stehe im Bad, richte das Ende der Spritze auf einen großen Löffel und drücke. Die Spritze geht schwer, ich erhöhe den Druck, und flipsch! tut die Spritze das, was sie tun soll: Sie spritzt. Ich schaue auf den Löffel: Da ist kein Schmerzmittel. Das ist auf dem Spiegel. Und auf der Waschmaschine. Und auf den Kacheln. In der Spritze ist fast nichts mehr. Ich lecke den Löffel trotzdem ab. Wo ist der Rest vom kostbaren Nass? Ein besonders großer Tropfen hängt am Spiegel, schnell nehme ich die Spritze, sauge ihn weg und lecke den Rest mit meiner Zunge auf: 1,5 ml. Jetzt muss ich nur noch 8½ ml andernorts im Bad finden. Ich sauge mehrere kleine Tröpfchen aus dem Waschbecken, danach lecke ich die Waschmaschine ab. Viele kleine Tröpfchen, langsam müsste ich bei 7 ml sein, und ein paar Staubflocken. Egal, sollte ich davon Bauchschmerzen bekommen, werde ich sie nicht spüren – vorausgesetzt, es gelingt mir noch, die fehlenden 3 ml irgendwo aufzusaugen. Wo ist das ganze Zeug bloß hin? In der Spritze selbst sind nur noch Luftbubbel. Ich erinnere mich der Prozedur, welche die Krankenschwestern immer machten, bevor sie zupieksten. Ich halte die Spritze also hoch, schnippe mit den Fingerkuppen ein paar gekonnte Male ans Plastik und will dann die Luft aus der Spritze drücken. Die verkantet aber wieder, und – flipsch! – hängen die letzten 3 ml Novalgin unter der Badezimmerdecke.

Die nächste halbe Stunde verbringe ich mit herausgestreckter Zunge unter dem Tropfen und warte. Vergebens. Dann klettere ich auf meine Waschmaschine, stelle mich daselbst auf die Zehenspitzen, halte mich an der Wäschespinne an der Wand fest, sauge mit der Spritze die letzten Tropfen Schmerzmittel von der Raufasertapete und spritze sie mir direkt auf die Zunge. Bingo! 10 ml!

In diesem Moment fällt mein Blick aus dem Fenster. Im Innenhof sehe ich den Punk aus dem Hinterhaus und die Oma aus dem vierten Stock neugierig an ihren Scheiben kleben. Ich male mir aus, was sie gerade sehen: In einem hell erleuchteten Badezimmer steht ein junger Mann mit leichtem Übergewicht nackt bis auf ein weißes Netzhöschen, in welchem hinten eine mit Jodsalbe bekleckste Inkontinenz-Einlage steckt, auf einer Waschmaschine und steckt sich eine Spritze in den Mund.

Ich beende die Vorstellung, indem ich vor Schreck und Scham das Gleichgewicht verliere und lang hinschlage. Eine Platzwunde auf meiner Stirn blutet, aber die Schmerzen lassen schon bald nach.

IN EIGENER SACHE

von Uli Hannemann

»Lassen Sie mich durch, ich bin Arztsohn«, lautet der Titel eines ZEIT-Artikels des Schreibschulabsolventen Florian Kessler, der die Überrepräsentierung braver Akademikerkinder in der deutschen Literaturszene beklagt. »Kreatives Schreiben studiert habe ich meiner Erinnerung nach mit Lehrerkindern und Ärztekindern und noch mehr Lehrerkindern und noch mehr Ärztekindern«, erinnert sich Kessler. Ich habe zwar keine Ahnung, wie man erstens Kreativität und zweitens Schreiben studieren kann, doch irgendwie fühle ich mich dennoch angesprochen: Ich bin selber Arztsohn.

Kein Außenstehender kann sich das Stahlbad vorstellen, sich als Kind jeden Tag am Mittagstisch anhören zu müssen, was mal wieder im Krankenhaus passiert war. Und zwar in sämtlichen Details. Während wir uns freudlos die Pellkartoffeln in den Rachen schoben – und in meiner Erinnerung gab es JEDEN Tag Pellkartoffeln –, sang uns der Vater aus vollem Hals und mit vollem Mund ein Lied aus Fachausdrücken und Ekelhaftigkeiten: »Die Pergola Abstracta von Herrn Kranich aus Station zwei war heute Morgen zum Bersten gefüllt ...« – happ, kau, schluck – »... mit Kot, Eiter, Singularabszessen, perforierten Phänomenalfissuren und fauligem Blut – er hat im Bett um Hilfe geschrien, Schwester Walpurga musste ihn knebeln.«

»Interessant«, pflegte Mutter dann zu sagen. »Was habt ihr gemacht?«

»Wir haben ihn erst mal mit 200 mg Sacrotan Akut stabilisiert, dann noch 500 ml Juvenil Forte durchlaufen lassen, um das Xylophon anzuregen und haben dann – schluck, kau, happ – in einer Not-Sepsis mit zwei Huberzangen die Laterna Magica paralysiert. Danach haben wir den ganzen Schmodder abgesaugt und den Omnibus Simplex mit drei Aorta-Pipelines drainiert.«

»Habt ihr was gegen die Schmerzen gemacht?« Mutter. Typisch. Eine Frau eben.

»Nein, natürlich nicht.« Fast fiel dem Vater die Pellkartoffel aus dem Mund. »Schmerzmittel belasten doch nur unnötig den Organismus.« Kau, schluck, happ. Je mehr er sprechen musste, desto schneller aß er.

»Schlungs nicht so, sonst bekommst du einen Ulcus«, mahnte meine Mutter meinen Vater, während der mit vollem Mund hastig weitere Greulichkeiten referierte. »Schlungs« ist der merkwürdige Nordsprech meiner Mutter, »Ulcus«, genauer »Ulcus ventriculi«, ist Medizinerlatein und bedeutet Magengeschwür.

Meine Geschwister kotzten, und ich hatte keinen Hunger mehr. Noch heute habe ich selten Hunger, geschweige denn Appetit und erst recht nicht auf Pellkartoffeln. So bin ich auch relativ schlank geblieben. Manche Frauen mögen das. Danke, Vater!

Mein Vater war Schulmediziner. Das sollte man auf keinen Fall mit Schularzt verwechseln. Ein Schularzt war jemand, der einmal im Jahr in unsere Schule kam und sich in einem Klassenzimmer spanische Wände aufstellen ließ, hinter denen er den Kindern kurz die Höschen herunterzog, um ihnen an die Geschlechtsteile zu fassen. So einer war mein Vater nicht.

Schulmediziner bedeutet etwas ganz anderes: Bei jeder Krankheit chemische Keule und Bein ab. Das ist das Markenzeichen.

Blutvergiftung – Bein ab. Grippe – Bein ab. Bein ab – anderes Bein ebenfalls ab. Der Schulmediziner hat seinen Eid nicht nur auf Hippokrates geschworen, sondern auch auf Bayer, Hoechst, BASF und Schering, auf Krupp, Moulinex und Vattenfall. Er ist nicht gerade das, was sich Kessler unter dem Label »Akademiker« vorzustellen scheint, sondern eher eine Mischung aus Handwerker und Naturwissenschaftler mit einem kleinen Schuss Schlachter. Mein Vater ist entsprechend kein Feingeist, und ich habe keine Schreibschule besucht. Dann passt das ja auch wieder.

Der Schulmediziner verachtet Heilpraktiker, in seinen Augen verweichlichte Scharlatane, die ihr betrügerisches Auskommen darin finden, esoterische Klageweiblein mit einem Netz aus Kräuterplacebos und sinnlosen Streicheleinheiten zu umspinnen, aus dem sie nie wieder herausfinden. Die einzige Rettung wäre im Grunde: Bein ab. Das hilft praktisch immer.

Natürlich profitiere ich, neben meiner schlanken Linie, auch sonst davon, Arztsohn zu sein. Ich kann besser Latein als Deutsch, es macht mir nichts aus, Blut zu sehen oder zu hören, und jedes Mal, wenn jemand krank ist, gebe ich gefragt oder ungefragt Rat. Ich könnte sofort in einem Krankenhaus als Chefarzt anfangen, dazu müsste ich keine Sekunde studieren, ich hab das im Blut. Ich darf umsonst mit dem Krankenwagen mitfahren, bekomme Rabatt auf weiße Kittel und Birkenstocklatschen. Alle Menschen vertrauen mir, selbst wenn es wehtut.

Lassen Sie mich durch, ich bin Arztsohn! Ich kann die Leute nicht verstehen, die jammern, dass sie nie in Clubs wie das *Berghain* hineinkommen. Bei mir genügt ein Satz, und – husch – schon bin ich drin. Die Türsteher haben eine solche Angst davor, dass ich den Mund aufmache, um Krankengeschichten zu erzählen. Dabei will ich da gar nicht rein. Schade für die anderen, dass Arztsohn nicht übertragbar ist wie eine Umweltkarte.

PATIENTENVOLLMACHT

von Daniela Böhle

»So eine Patientenvollmacht«, hatte meine Mutter gesagt, »das ist eine prima Sache, füll die mal mit deinem Vater aus.«

Meine Mutter geht seit jeher davon aus, dass sie hundert wird, weil sie sich so gesund ernährt, und mein Vater früh stirbt, weil er raucht. Inzwischen ist er siebzig und macht keine Anstalten, zu sterben oder auch nur ein Raucherbein oder schleimigen Husten zu bekommen. Aber klar, man weiß nie, eine Patientenvollmacht ist eine gute Sache. »Ruf an, dann sag ich deinem Vater, dass er drangehen soll.«

Meine Mutter legt auf, ohne sich noch mal vergewissert zu haben.

Na gut, denke ich, suche ich mal im Internet nach einer Patientenvollmacht, kann ja nicht schaden. Ich googele ein Internetformular und rufe an. Es klingelt sehr oft, und ich weiß, wie es am anderen Ende aussieht: »Bert, Telefon! ... Bert! Telefon!«

»Warum gehst du denn nicht dran?«

»Geh *du* mal dran!«

»Aber du gehst doch *immer* dran!«

»Jetzt geh schon dran!«

»Aber warum gehst du denn nicht dran?«

»Herrgottnochmal!«

»Hallo?« Mein Vater meldet sich immer so, als sei das Telefon eben erst erfunden worden. Ein gefährlicher Kasten, der jeden Augenblick explodieren könnte und von dem er nicht versteht, wozu er gut sein soll. Ist doch früher auch ohne gegangen. Sein Vater hatte schließlich noch Brieftauben, und dem hat auch nichts gefehlt.

»Hallo, Papa«, sage ich. »Ich dachte, wir reden mal über eine Patientenverfügung.« Schweigen am anderen Ende. Aber ich denke, wenn mich jemand mit diesen Worten angerufen hätte, hätte ich auch erst mal nichts zu sagen gewusst.

»Wenn du krank wirst«, erläutere ich, »damit ich weiß, was ich dann machen soll.«

»Wenn ich krank werde, geh ich zu Doktor Stoeck.«

»Ja«, sage ich, »aber wenn du so krank wirst, dass du nicht mehr irgendwohin gehen kannst. Wenn du gar nichts mehr kannst.«

»Wenn ich gar nichts mehr kann, dann bin ich tot«, antwortet mein Vater.

»Nee«, sage ich, »stell dir vor, du bist krank und kannst nicht mehr reden und auch sonst nichts mehr, aber du atmest noch, und dein Herz schlägt noch. So eine Patientenverfügung sollte jeder haben. Also wirklich jeder.«

»Auch du?«, fragt mein Vater.

»Auch ich«, bestätige ich und komme mir psychologisch total geschickt vor.

»Also, Papa«, fange ich an, »ich habe hier so ein Formular, und das fülle ich jetzt mit dir aus. Okay?«

»Okay.«

»Wenn realistische Aussichten bestehen, dass mir ein lebenswertes, umweltbezogenes Leben ermöglicht wird, erwarte ich dazu lebenserhaltende, intensivmedizinische Maßnahmen. Ja oder nein?«

»Umwelt-was?«

Ich weiß nicht, wie ich ihm das erklären soll. Ich kann es ja nicht einmal mir erklären.

»Also, Papa«, improvisiere ich schließlich, »wenn du an Maschinen hängst, möchtest du, dass ich die abstelle?«

»Und du?«, fragt er zurück.

Er klingt ein bisschen aggressiv. »Wenn du an Maschinen hängst, soll ich die abstellen?«

»Du bist mein Vater«, sage ich. »Du stirbst vor mir.«

»Hah«, sagt er, »die Tochter vom Steinert ist auch vor ihm gestorben!«

»Also, soll ich die Geräte abstellen?«

»Nur wenn ich deine auch abstellen kann!«

Mir ist nicht wohl bei dem Gedanken, aber ich stimme zu.

»Gut!«, sagt er schwungvoll. »Weiter!«

»Bei einer unheilbaren Erkrankung sollen keine Amputationen mehr vorgenommen werden.«

»Keine Amputationen«, bekräftigt mein Vater. »Dann will ich vom Bein hoch vergammeln. Und du?«

»Ich auch«, sage ich und bin froh, dass nur mein Vater raucht. »Wenn ich wegen eines fortgeschrittenen Hirnabbauprozesses nicht mehr in der Lage bin, Nahrung zu mir zu nehmen, wünsche ich nur Basisversorgung.«

»Und du?«, fragt mein Vater.

»Wenn es so weit kommt, darfst du mich verhungern lassen!«, sage ich triumphierend. Mein Vater wird ganz bestimmt vor mir einen Hirnabbauprozess haben, da kann ich ihm einfach alles versprechen.

»Du mich auch!«, ruft mein Vater. »Weiter!«

Als schließlich das Formular durchgearbeitet ist, das Formular und drei Blätter mit Zusatzverfügungen, haben mein Vater und ich für jeden Fall vorgesorgt.

Heute Morgen konnte ich nicht richtig aufstehen, ich glaube, ich hab einen Hexenschuss. Mühsam bin ich zum Schreibtisch gekrochen und habe das Formular durchgelesen, das identisch mit dem Formular ist, das mein Vater für mich ausgefüllt hat.

»Bei schmerzhaften Abbauprozessen an der Wirbelsäule möchte ich eingeschläfert werden«, lese ich auf der dritten angehefteten Seite.

»Mir geht's gut!«, lüge ich, als meine Mutter anruft. Ich kann nicht aufstehen, aber das darf auf keinen Fall rauskommen.

SCHÖNE MENSCHEN

von Marvin Ruppert und Alex Burkhard

»Ich verstehe das immer nich', wenn jemand was sagt!«

Ich sitze im Wartezimmer meines Hausarztes. Ich mag meinen Hausarzt, ich bin gerne hier, und anscheinend geht es auch anderen so, denn das Wartezimmer ist voll.

Ich bin gerne hier, denn das Wartezimmer meines Hausarztes ist ein so schöner Ort, man kann so viel erleben, und man kann so wunderbar schöne Menschen kennenlernen. Da ist zum Beispiel die alte Dame mit der mobilen Gehhilfe, die immer an ihrem Hörgerät nestelt (»Ich verstehe das immer nich', wenn jemand was sagt!«), oder das Rentnerpärchen schräg gegenüber von mir, sie strickt und plappert, er flucht, beide warten, aber seit sie im Wartezimmer angekommen sind, ist noch niemand drangekommen.

»Zuzahlung! Nur an unser Geld wollnse! Nur an unser Geld!«

»Erich, du schwitzt ja schon wieder so, hör doch endlich mal auf zu schwitzen!«

»Diese verw...hurlosten Warensöhne! Mit meiner mickrigen Rente ...«

»Und warum muss der Türke über uns, ach was, der Türke

als solches, immer mit so viel Knoblauch kochen. Sach mir das, Erich, sach mir das bitte!«

»Obwohl ich die ganze Firma allein aufgebaut habe! Alles wech!«

»Und so viele Kinder immer, da hätten wir früher 'nen Orden für gekriecht!«

Erich schlägt mit der Faust auf den Tisch, wo ein türkisches Kind gerade eine Firma aus Bauklötzen aufgebaut hat, die in sich zusammenstürzt.

»Erich!«

»Mit meinen eigenen Händen!«

»Erich, dein Herz!«

Die alte Dame mit der mobilen Gehhilfe wirft ein: »Ich verstehe das immer nich', wenn jemand was sagt!« Aber keiner sagt ihr, dass niemand etwas zu ihr gesagt hat, weil sie das wohl ohnehin nicht verstehen würde und sie dann sagen würde: »Ich verstehe das immer nich', wenn jemand was sagt!« Und dann würde ihr wieder keiner sagen, dass niemand etwas zu ihr gesagt hat, weil sie das wohl ohnehin nicht verstehen würde und sie dann wieder sagen würde: »Ich verstehe das immer nich', wenn jemand was sagt!«

Eine Zeit lang bin ich einfach so zu meinem Arzt gegangen, wenn ich schöne Menschen kennenlernen wollte, also ohne krank zu sein. Aber weil ich zu langsam bin, um spontan zu sein, und zu gutherzig, um zu lügen, und ich deshalb erst recht nicht spontan lügen kann, hatte ich spätestens im Behandlungszimmer ein Problem:

»Guten Tag, Herr Ruppert, was führt Sie zu mir?«

»Ich, äh, habe Husten.«

»Na, dann husten Sie mal!«

»Ich, äh, kann nicht.«

»Warum nicht?«

»Ich, äh, habe keinen Husten.«

»Was?«

Auch die Gegenfragen-Taktik sah in meinem Kopf besser aus als im Behandlungszimmer:

»Hallo, Herr Ruppert, wie geht es Ihnen?«

»Wie geht es Ihnen, Herr Doktor?«

»Danke, ganz gut, aber warum sind Sie hier?«

»Die Frage ist, warum Sie hier sind, Herr Doktor?«

»Ich arbeite hier. Also, sind Sie nun krank?«

»Sind Sie vielleicht krank?«

»Wollen Sie mich verarschen?«

»Wollen Sie mich verarschen?«

»Für so was habe ich keine Zeit, gehen Sie nach Hause, Herr Ruppert.«

»Warum gehen Sie nicht nach Hause, Herr Doktor?«

Irgendwann wurde mir das zu blöd, schließlich wollte ich im Wartezimmer schöne Dinge erleben und schöne Menschen kennenlernen, nicht meinen Hausarzt, den kannte ich ja schon.

Das Schönste ist: Auch schöne Mädchen werden krank, das heißt, das Wartezimmer ist ein schöner Ort, um schöne Mädchen kennenzulernen.

Also brauchte ich einen richtigen Grund, um mich dort aufzuhalten, deshalb war ich letzte Woche mal nackt im Eisbach schwimmen, habe auf dem Heimweg die Haltestangen in der U-Bahn abgeleckt und mir heute noch 'ne rostige Reißzwecke ins Bein gedrückt. Und tatsächlich, mir gegenüber, direkt zwischen der alten Dame mit der mobilen Gehhilfe (»Ich verstehe das immer nich', wenn jemand was sagt!«) und der Frau des Rentnerpärchens (»Hör doch endlich mal auf zu schwitzen!«) sitzt ein wirklich schönes Mädchen, lockiges Haar, Grübchen, glänzend-glasige Augen, traumhaft-triefende Nase, wie schön, da hat man direkt was gemeinsam, denke ich mir. Sie sitzt da also, schon eine ganze Weile (seit sie im Wartezimmer angekommen ist, ist noch niemand drangekommen), und liest ein Buch von Kafka oder Sarrazin und zieht zwischendurch immer wieder die Nase hoch.

Die Rentnerpärchenfrau steht auf, »ich frach ma' den Doktor, ob der überhaupt da is', nich' wahr, Erich, das tu ich ma'«, sodass neben dem schönen Mädchen plötzlich ein Platz frei ist. Ich setze mich zu ihr, und mein Magen knurrt. Hatte es nicht mehr zum Bäcker geschafft heute Morgen, also kein Brot zu Hause und dann halt einfach eine Scheibe Wurst auf eine Scheibe Käse gelegt – Wurst-Käs-Szenario. Das Magenknurren ist mir ein bisschen peinlich, aber das schöne Mädchen hat es vor lauter Schniefen und Triefen gar nicht erst mitbekommen.

Ich packe sämtliche Flirt-Skills aus:

»Hallo«, sage ich.

»Hallo«, sagt sie.

»Hallo«, sage ich.

»Hallo«, sagt sie.

Stille. Ich hätte wirklich dieses Rhetorik-Seminar besuchen sollen, dessen Werbung Alex in der U-Bahn gesehen hat.

Wider Erwarten komme ich mit dem schönen Mädchen aber doch noch in ein gutes Gespräch, ein sehr gutes Gespräch sogar. Gemeinsam, während irgendwie immer noch niemand drankommt, lachen und schniefen wir, husten und triefen wir, schauen auf meinem Taschentelefon eine romantische Liebeskomödie mit Vampiren und uns ganz tief in die geröteten Augen, nähern unsere Münder einander und – ich huste ihr zärtlich in den Mund, gut, dass ich noch keinen Schleimlöser genommen habe, und auch sie erwidert mein Husten.

Später, bei der Mentholzigarette danach, vertraut sie mir an: »Weißt du, ich habe das noch nie jemandem verraten, aber ich bin eigentlich nur hier, weil ich schöne Menschen kennenlernen möchte.« Entgeistert schaue ich sie an, als die alte Dame mit der mobilen Gehhilfe (»Ich verstehe das immer nich', wenn jemand was sagt!«), die Rentnerpärchenfrau (»Hör auf zu schwitzen!«) und alle anderen einstimmen:

»Ich bin auch nur hier, um schöne Menschen kennenzulernen!«

»Ich mag die Gesellschaft hier so gerne!«

»Die Bilder an der Wand sind so schön.«

»Ich verstehe das immer nich', wenn jemand was sagt!«

»Hier sind die Toiletten so schön sauber«

»Hier gibt's immer so interessante Zeitungen!«

»Ich verstehe das immer nich', wenn jemand was sagt!«

»Ich habe meine Frau hier kennengelernt!«

»Die Sprechstundenhilfen sind so nett.«

»Ich verstehe das immer nich', wenn jemand was sagt!«

»Ich verstehe das immer nich', wenn jemand was sagt!«

Ich schaue mich um und erblicke auf dem Stuhl neben mir meinen Hausarzt.

»Ich mag mein Wartezimmer«, sagt er, »und eigentlich bin ich auch nur hier, um schöne Menschen kennenzulernen.«

BEIM ORTHOPÄDEN

von Heiko Werning

Sonntagnachts, nach der »Reformbühne Heim & Welt«, stellte ich völlig überraschend fest, dass ich plötzlich nicht mehr richtig laufen konnte. Erstaunlicherweise war der Zustand nach Ausnüchterung am nächsten Morgen keineswegs besser, eher im Gegenteil. Ohne die sinnesbetäubende Wirkung des Alkohols war einfach nicht mehr zu leugnen: Es tat richtig ekelhaft weh, wenn ich mit dem rechten Fuß auftrat. Unschön. Aber meine Oma hat immer schon gesagt: »Ist von alleine gekommen, dann geht's auch von alleine wieder weg«, und bis auf eine einzige, letztlich finale Fehleinschätzung in Sachen Lungenkrebs ist sie eigentlich gut damit gefahren. Da ich von Fußkrebs noch nie etwas gehört hatte, hielt ich noch drei Tage durch, dann wurde es einfach zu lästig.

Also auf zum Orthopäden. Wie passend, dass ich ohnehin gerade angefangen habe, den jüngsten Roman von John Irving zu lesen. Das ist doch ein guter Witz, mit einem 1140 Seiten starken Buch zum Arzt aufzubrechen.

An der Anmeldung vergeht mir das Lachen darüber etwas. Seufzend reihe ich mich in die Schlange aus Invaliden, Veteranen, Geh-, Sitz- und Komplett-Behinderten, Stützstrumpf-,

Einlagen- und Gipsbeinträgern ein. Eine Arzthelferin kommt auf mich zu: »Wieso kommen Sie so spät?« Ich sehe sie verblüfft an. »Eigentlich haben wir schon einen Aufnahmestopp.« Einen – was? Sehe ich jetzt schon so versehrt aus, dass die Dame mutmaßt, ich sei ein Bürgerkriegsflüchtling? Außerdem ist es erst 11 Uhr am Morgen, und die Sprechzeit geht bis 12. »Ja, aber um 18 Uhr wollen wir auch mal nach Hause«, sagt sie kryptisch, nimmt unwirsch meine Versichertenkarte entgegen und hängt anschließend ein Schild in die Praxistür: »Heute keine Neuaufnahmen mehr«, lese ich staunend. Das Geschäft scheint ja zu brummen, denke ich. Ist das schon der Aufschwung, auf den alle so hoffen?

S. 101
Endlich darf ich sagen, was ich überhaupt will. »Sie können sich dann hinsetzen«, bescheidet mir die Arzthelferin. Ich gehe ins Wartezimmer. Leider sagt mir dort niemand, dass ich mich hinsetzen könne. Ich stehe ebenso orientierungs- wie hilflos in der Mitte und schaue mich suchend um. Da ist kein freier Platz. Die Mitpatienten auf den Stühlen gucken stier zu mir hoch. Ich hinke extra dramatisch ein wenig hin und her. Aber hier kann ich kein Mitleid erwarten. »Sei froh, dass du überhaupt noch Beine hast!«, sagen mir die Blicke der anderen. Mühsam das Gewicht auf ein Bein verlagernd, lehne ich mich an die Wand und betrachte die Bilder, die an den Wänden hängen. Es sind meditative Motive – Berggipfel, Bachläufe, Grashalme, alles irgendwie besonders fotografiert – mit Kalendersinnsätzen darunter: »Nichts Irdisches ist ewig, aber alles Irdische kann Sinnbild des Ewigen werden.« Mühsam verlagere ich mein Gewicht ein wenig und blicke auf die Wand zu meiner Rechten: »Ein schweres Leben wird erträglich, sobald man ein Ziel hat.« Da lese ich mal lieber im Roman weiter.

S. 138

Ein Platz wird frei! Eilig hinke ich dorthin und will mich gerade fallen lassen, da hievt sich mit schmerzverzerrtem Gesicht ein kleiner, trauriger Junge auf Krücken in den Raum. Ich seufze und lehne mich wieder an die Wand, direkt unter einen Sonnenuntergang am See: »Nenne dich nicht arm, weil deine Träume nicht in Erfüllung gegangen sind. Wirklich arm ist nur, wer nie geträumt hat.«

S. 259

Ein Sitzplatz! Tatsächlich! Gerade will ich beginnen, meine Beine durch vorsichtige Massage zu reanimieren, da werde ich in Zimmer 14 gebeten. Genau genommen werden wir in Zimmer 14 gebeten, ich und vier weitere Mitpatienten. Mühsam und stöhnend erheben sich fünf derangierte Gestalten, greifen sich die Krücken oder fassen sich an den Rücken, dann beginnt der Elendstreck durch endlose, verwinkelte Gänge. An einem Raum, an dem wir uns vorbeischleppen, steht allen Ernstes »Ortho-Lounge«. Da muss ich trotz der Schmerzen beim Auftreten tatsächlich etwas lachen. Schließlich erreichen wir Zimmer 14. Eine Arzthelferin empfängt uns und weist uns in kleine Kabinen ein, die nur durch Stoffvorhänge voneinander getrennt sind. »Wo ist denn Frau Kücülü?«, fragt die Helferin, und einer unserer Mitreisenden erwidert müde: »Die hat's nicht gepackt. Ist unterwegs liegen geblieben.« Alle zucken mit den Achseln.

Dann passiert lange Zeit nichts.

S. 336

Ein Arzt! Ein Arzt! Aufgeregt blicke ich auf den Mann im weißen Kittel, der den Raum betreten hat. Er nimmt ein paar Akten von einem Tisch und verschwindet wieder. In der Kabine neben mir leises Weinen.

S. 527
Wieder ein Mann im weißen Kittel. Ein Arzt? Er geht in eine der Vorhangkabinen: »Ah, Frau Schablowski! Wie geht's uns denn heute?« Ein Arzt, ohne Zweifel.

Dr. Sohla stellt sich Frau Schablowski vor, und die alte Dame jammert nun ein bisschen vor sich hin. Ich erfahre interessante Dinge über den Alltag, der mir auch mal bevorstehen könnte, bekäme ich ein künstliches Hüftgelenk. Schön scheint das nicht zu sein. Frau Schablowski schildert ihre Schmerzen, ihre Schlaflosigkeit, ihre Unbeweglichkeit. Wir anderen Patienten sprechen ihr von Zeit zu Zeit aus unseren Kabinen Trost und Mut zu.

»Bitte!«, ermahnt uns der Arzt. »Das hier ist ein vertrauliches Patientengespräch! Etwas Diskretion bitte.« Wir entschuldigen uns.

Schließlich ruft er seiner Helferin, die am Tisch gegenüber von unseren Stoffkabinen steht, diverse Medikamentennamen zu, »und dann noch Solifenacin gegen den ständigen nächtlichen Harndrang!«

Die junge Frau tippt eilig mit, jemand aus der Nachbarkabine gibt zu bedenken, dass er aber schlechte Erfahrungen mit dem Mittel gemacht habe, sie solle es doch vielleicht einfach mit Granufink versuchen. Dann will Frau Schablowski noch eine Frage im Namen ihres Mannes stellen, aber Dr. Sohla verweigert jede Auskunft mit dem Hinweis auf die ärztliche Schweigepflicht.

S. 746
Fast glaube ich an eine Sinnestäuschung, als ich vor mir plötzlich Dr. Sohla sehe. Ich muss mich kurz sammeln, um mir in Erinnerung zu rufen, wer ich bin, was ich hier eigentlich mache und wieso ich hier seit heute Morgen herumsitze, da sagt er: »Ah, ganz kurzen Moment noch, bin gleich wieder da.«

S. 763
Ich bin etwas unwirsch, dass ich schon wieder in meiner Lektüre gestört werde. Aber Dr. Sohla will unbedingt mit mir sprechen. Na gut, meinetwegen. »Was gibt's denn?«, fahre ich ihn an.

Dann fällt mir alles wieder ein, und ich schildere ihm mein Problem. Ich muss den Schuh ausziehen, einmal kurz meinen Fuß vorzeigen, er drückt irgendwo drauf, ich schreie auf, er sagt: »Oh, oh. Das könnte ein Ermüdungsbruch sein.« Ein Ermüdungsbruch! Das klingt sehr plausibel für mich. Müde fühle ich mich immer öfter, je älter ich werde. Wenn ich die Zeitung aufschlage, wenn ich die Nachrichten gucke, wenn ich mir die Meinungen von irgendwelchen Leuten anhören muss, das macht alles so unendlich müde. Klar, dass da irgendwann mal was kaputt geht.

Dr. Sohla fummelt weiter an meinem Fuß herum. Dann verkündet er sein Verdikt: »Doch kein Ermüdungsbruch. Nur eine Entzündung.« Oooch. Da sind wir beide fast ein wenig enttäuscht. Und was soll ich jetzt tun? »Legen Sie einfach die Füße hoch, bewegen Sie sich möglichst wenig, und belasten Sie den Fuß nicht.« Ich schaue ihn misstrauisch an. Der will mich doch verarschen! Das ist doch keine ordentliche ärztliche Anweisung! Bisher hat mir noch jeder Arzt gesagt, ich solle Sport treiben, viel Sport treiben, viel herumlaufen, mich mehr beziehungsweise überhaupt mal bewegen. Und jetzt das: die Beine hochlegen. Ein Quacksalber! Das Grundproblem seien ohnehin meine Füße, führt Dr. Sohla nun aus, ich bräuchte Einlagen. Da schicke er mich jetzt direkt mal zum Orthopädietechniker. Der sei praktischerweise gleich hier mit im Haus. Da spare ich richtig Zeit.

S. 774
Die Orthopädietechnikersprechstundenhilfe ist ein wenig besorgt, weil es schon so spät ist. Aber ich soll mich mal setzen, sie würde mich schon noch mit einschieben.

S. 808
Der Orthopädietechniker! Vorsichtig schleiche ich ihm in seine Fußwerkstatt hinterher, damit vor lauter Müdigkeit nicht doch noch was bricht. Alle halbe Jahre müsse ich mir jetzt neue Einlagen anfertigen lassen, klärt er mich auf. Na toll, denke ich, bei den Wartezeiten – da kann ich ja gleich hier einziehen.

Jetzt muss ich über eine elektronische Fußmatte gehen, der Computer misst dann Belastungszonen, Gewichtsverteilung und all so was. Nachdem ich ein paar Mal über die Matte gehinkt bin, bittet er mich zur Auswertung vor seinen Monitor. Er sieht sehr traurig aus. Anklagend deutet er auf den Bildschirm, auf dem das Abbild eines menschlichen Fußes in allerlei Farben zu sehen ist. Das sei wie eine Wärmefotografie, erklärt er, blau stehe für kalt und rot für heiß, nur dass das hier eben nicht Temperaturen seien, sondern der Druck, der auf einer Stelle des Fußes laste. Nun lässt er den Fuß über den Monitor rollen: Die roten und blauen und gelben und grünen Flächen wandern geschmeidig mit jeder Schrittphase auf der Fußsohle von hinten nach vorne, ich bin überrascht: Sieht doch eigentlich ganz elegant aus. Das sei also der normale Gang, so wie er sein sollte, erklärt der Orthopädietechniker, nur mal so zum Vergleich. Und nun kommen wir zu meinem Gang. Wieder ein Fußabbild auf dem Monitor, der ganze Abdruck leuchtet signalfarbenrot auf, dann verschwindet er wieder. Wie bei einem Elefantenfuß dengelt das ganze Teil auf den Bildschirmboden. Der Techniker blickt jetzt noch trauriger auf den Monitor, dann seufzt er tief. »Wissen Sie«, beginnt er zu erläutern, »die Füße sind wie die Grundmauern bei einem Bauwerk, die Füße sind das Fundament des ganzen Körpers.« Es folgen lange, bildreiche Ausführungen, die mir verdeutlichen, dass mein Körperbauwerk in Bälde nur noch eine rauchende Ruine sein werde, denn das Fundament sei rissig, morsch und bröselig, und im Prinzip sei es ein Wunder, dass nicht längst alles eingestürzt ist. Schließlich macht er mir hinreichend deutlich klar: Ich bin die Twin Towers, und wir befinden uns am Vorabend des 11. September.

Falls überhaupt noch irgendetwas zu retten sein sollte, dann nur durch den sofortigen Rettungseinsatz des Orthopädietechnikers. Er empfiehlt mir das volle Programm: neue Einlagen sowieso, und zwar halbjährlich, und außerdem würde die Krankenkasse den orthopädischen Umbau von drei Paar Schuhen finanzieren, den er vornehmen könne. Dann hätte ich auf jeden Fall drei orthopädisch richtige Paare, und für die anderen müsste ich dann halt die Einlagen nehmen. Ich schaue ihn irritiert an. Ich bin nicht ganz sicher, ob es schlau ist, was ich jetzt mache, aber ich sage ihm einfach die Wahrheit. Die lautet: »Ich habe nur dieses eine Paar Schuhe.« Er starrt mich erschüttert an.

Ich habe ja nie verstanden, wieso Leute so viele Schuhe haben. Die muss man doch gar nicht waschen, wie Kleidung. Die kann man einfach immer wieder anziehen, bis sie alle sind, und dann kauft man neue. Das ist wie mit Milchtüten oder Butterpaketen. Da kauft man ja auch nicht zwei von, um sie dann parallel zu benutzen.

Der Orthopädietechniker fängt noch einmal mit den Fundamenten an, er redet intensiv auf mich ein, und schließlich verlasse ich die Fußwerkstatt mit dem festen Auftrag, gleich morgen ins Schuhgeschäft zu gehen.

Als ich auf die Müllerstraße trete, blinzle ich etwas im Abendlicht. Was für ein Tag! Seit dem Frühstück im Orthopädenhaus, fast einen ganzen dicken Roman durchgelesen, und nun als Resultat die Anweisung, mich möglichst wenig zu bewegen und drei Paar Schuhe zu kaufen. Uff. Das Tagewerk ist vollbracht. Jetzt schnell nach Hause, erst mal die Füße hochlegen.

PATELLALUXATION

von Michael-André Werner

»Die Erde ist eine Scheibe!«
Anaximander (610–546 v. Chr.)

»Und sie bewegt sich doch!«
Galileo Galilei (1564–1642)

Kapitel 1 – Eine trügerische Idylle
Ich liege auf der Wiese. Das klingt jetzt schöner, als es ist. Die Wiese ist nämlich nass, es nieselt und ist kalt, und meine linke Kniescheibe sitzt nicht mehr vorn auf meinem Knie, sondern an der Außenseite meines Beins. Hätte sie Augen, könnte sie jetzt in den Himmel schauen, anders als ich, der ich auf der Seite liege und nasse Grashalme betrachte.

Ein Mann kommt zu mir und bleibt stehen. »Haben Sie einen Krankenwagen gerufen?«, fragt er. Ich nicke und zeige auf mein Knie.

»Da werden wir Sie mal ins Krankenhaus bringen. Können Sie aufstehen?«

Ich schüttele den Kopf und zeige auf mein Knie.

Er schaut sich um. »Na, mal sehen, wie wir den Krankenwagen überhaupt herkriegen. Ich bin gleich wieder da. Warten Sie hier.«

»Ich werd nicht weggehen«, sage ich.

Es beginnt zu schneien.

Kapitel 2 – Überraschung
Ich erwache. Die Ärzte schrauben noch immer an meinem Knie herum. Ich spreche eine der vorbeieilenden OP-Schwestern an und bitte sie, meine Narkose noch ein wenig zu verlängern.

Kapitel 3 – Ärztelatein
»Sie hatten eine traumatische Patellaluxation, einen Riss des tibialen Seitenbandes, einen Riss des vorderen Kreuzbandes, eine Kontusion der medialen Femurcondyle und eine leichte Druckläsion des Nervus peroneus«, sagt der Arzt nach der OP.

»Aha«, sage ich, »und was heißt das?«

»Sie haben sich das Knie ganz schön zerschreddert.« Er nickt anerkennend mit dem Kopf, als wollte er sagen: »Respekt!«

»Und jetzt?«, frage ich.

»Jetzt haben wir alles wieder festgenäht, Sie haben zwei Schläuche im Knie, und ich hab Mittagspause.«

Kapitel 4 – Lachen ist die beste Medizin
Ich wache von einem unangenehmen Drücken in der Kniekehle auf. Klage der Frühschwester mein Leid. Sie sagt »jaja« und verweist auf die 11-Uhr-Visite.

Die 11-Uhr-Visite kommt um halb 12. Unter Beobachtung von drei Arztlehrlingen wickelt der Arzt langsam den Verband ab. Ich schildere ihm meine Beschwerden. Er zaubert ein Marzipanbrot aus dem Verband hervor. »Na«, sagt er lachend, »da war wohl heute Nacht der Kniekolaus da.« Die Arztlehrlinge lachen mit.

Kapitel 5 – Blick in die Zukunft
Ich träume von der Kniefee. Wenn man eine gebrauchte Kniescheibe unter das Kopfkissen legt, tauscht sie die des Nachts gegen einen Zehneuroschein. Ich erwache, weil die Nachtschwester mein Kopfkissen aufschüttelt.

Wochen später wird mir ein Arzt erklären, dass eine weitere Operation nötig sei, um das fehlende vordere Kreuzband zu ersetzen. Er sagt, das Band würde mit einer Zuckerschraube befestigt werden.

Kapitel 6 – Im Krankenhaus ist es langweilig
Mein Bein ist eingeschlafen. Ich nehme einen der Schläuche, die aus meinem Knie kommen, und gieße Kaffee hinein. Schon besser.

Kapitel 7 – Der große Durst
Ich erwache und habe eine trockene Kehle – Kniekehle. Ich lupfe meinen Verband ein wenig, und gieße mir einen hinter die Binde. Das tut gut.

Kapitel 8 – Advent, Advent ...
Meine Mutter bringt mir einen bunten Teller vorbei: Dominosteine, Spekulatius und Schokokugeln mit Knickebeinfüllung.

Kapitel 9 – ... in dem es zu einem Berufsverbot kommt
Der Arzt zeigt mir die beiden Gehilfen, die er mitgebracht hat. Nein, noch mal: Der Arzt zeigt mir die beiden Gehhilfen, die er mitgebracht hat – vulgus: Krücken. Dann verordnet er mir drei Wochen Auftrittsverbot.
Ich frage mich, ob er schon mal bei einer meiner Lesungen war, und sage alle Termine für die nächsten drei Wochen ab.

Kapitel 10 – Nähen war gestern
Meine OP-Wunde wurde mit achtzehn Metallklammern zugetackert. Ich frage meinen Arzt, wann die entfernt werden.

»Die kommen in zwei Wochen raus«, sagt er, »aber das müssen Sie selber machen. Sie haben doch bestimmt so einen Heftklammerentferner. Wenn nicht, können Sie auch eine Gabel nehmen. Aber eine Kuchengabel.«

Kapitel 11 – Ick glotz TV

Ich bin wieder zu Hause. Das Einzige, was ich zu Hause tun kann, ist fernsehen. Es kommt Werbung für Unfallversicherungen, Gelenksalben und Treppenlifte. Dann kommen die lustigsten Pannenvideos. Dauernd fallen Leute irgendwo rauf und runter und brechen sich Arme und Beine.

Kapitel 12 – Treppen, ein Albtraum für jedes Knie

In einem Krimi ist ein Treppenfabrikant der Hauptverdächtige. Die Ermittler müssen dauernd Treppen rauf- und runterlaufen. Die Leiche findet sich am Schluss zwischen zwei Stufen.

Kapitel 13 – Der goldene Schuss

Ich muss mir selber Thrombosespritzen geben. Eine Schwester hat mir gezeigt, wie. Einfach eine Fettfalte vom Bauch festhalten und dann – zack! Ich male mir ein kleines Fadenkreuz auf den Bauch, ziele mit der Spritze und ... na ja. Da muss ich noch ein bisschen üben.

Der alte Spruch »Blut ist dicker als Wasser« fällt mir ein. Na, bald nicht mehr, denke ich.

Kapitel 14 – Versteckspiel

Ich denke mir Wörter aus, in denen sich ein Knie versteckt hat: Sackniere, Rucknieseni, Schmuckniete, Lackniederschlag und Brackniedrigwasser.

Kapitel 15 – Eine Frage der Eitelkeit

Habe eine Laufmasche im Thrombosestrumpf. Wie sieht denn das aus! So kann ich doch nicht zur Krankengymnastik gehen.

Kapitel 16 – Bei der Krankengymnastik

Die Krankengymnastin sagt, ich solle das Knie beugen. Dann hält sie eine Art Messgerät dran und sagt irgendwann: »Fünfundvierzig Grad.«

»Ist das gut?«

»Nein«, meint sie, »Sie müssen das Knie unbedingt mehr kühlen.«

Kapitel 17 – Geld regiert die Welt

Kriege eine Rechnung von meiner Krankenkasse. Zuzahlung für Krankentransport: 10 Euro. Zuzahlung für Behandlung in der Rettungsstelle: 10 Euro. Zuzahlung für acht Tage Krankenhausaufenthalt: 10 Euro pro Tag. Rezeptgebühr für Thrombosespritzen: 10 Euro. Zuzahlung für Thrombosestrumpf: 5 Euro. Zuzahlung für Unterarmgehhilfen: 10 Euro. Verlängerung der Standardnarkose während der OP: 20 Euro. Zuzahlung für die beiden Metallklammern, die mir beim Herausziehen hinter den Schrank gefallen sind: 20 Euro. Marzipanbrot: 2,99 Euro.

Kapitel 18 – Hurra!

Darf wieder auftreten. Rufe sofort alle Kolleginnen und Kollegen an und lasse mir Termine geben.

Kapitel 19 – Erste Fortschritte

Mit dem Laufen hab ich immer noch Probleme. Dafür klappt's jetzt mit dem Zielen besser. Treffe mit der Thrombosespritze fast immer ins Schwarze. Das Schwarze ist in diesem Fall der Bauchnabel. Muss mal wieder eine Bauchnabelspülung machen.

Kapitel 20 – Happy End

Ich habe alle Bücher, die ich besitze, ausgelesen. Jetzt ist nur noch der Duden übrig. Ich blättere lustlos darin herum und finde die vier Fälle.

Das Knie tut weh.

Des Knies Schmerzen flauen allmählich ab.

Dem Knie geht es schon besser.

Ich kann das Knie wieder beugen.

DIE ZAHNÄRZTIN

von Sylvia Falkenstraat

Ich starrte bereits eine halbe Stunde auf das selbst gebastelte Mobile, das schräg über mir an der Decke hing. Jedenfalls nahm ich an, dass es selbst gebastelt war. Dafür konnte man kein Geld verlangen. Grob ausgeschnittene geometrische Formen. Rot, grün, gelb und irgendeine neu erfundene Farbe. Gurken-Auberginen-Blau. Das Fenster war auf Kipp, und ein seichter Windzug bewegte das Konstrukt leicht hin und her. Nebenan sirrte der Bohrer. Vielleicht hatte der Patient dort auch so ein selbst gebasteltes Mobile über seinem Stuhl unter der Decke kleben und stellte sich dieselbe Frage, während die Zahnärztin ihm die Füllungen herausmeißelte.

Ich starrte weiter.

Die Tür flog auf, Frau Dr. med. dent. Wallgraf betrat schwungvoll den Behandlungsraum.

»Guten Tag, wen haben wir denn da? Ah, ein neues Gesicht! Was kann ich denn für Sie tun?«

Ihre fröhliche Art erinnerte mich sofort an meinen Frisör, und mir lag auf der Zunge zu sagen: »So wie immer, hinten nur etwas kürzer!«

Ich zeigte stattdessen mit dem Zeigefinger auf meinen abgebrochenen Frontzahn, der mich aussehen ließ wie einen American-Football-Player.

»Ach herrje, gute Frau! Wie ist denn das passiert? Haben Sie geboxt? Sicher haben Sie geboxt!« Sie kicherte und nickte die junge, zarte Assistentin herbei, die ich nicht einmal bemerkt hatte. »1-1 intakt, 2-1 frakturiert, Gingivaschwellung nach labial und palatinal. Da hat aber jemand zugeschlagen! Gestern bei Schalke gewesen, was? Sonst alles okay am Kopf?«

Ich wollte antworten: »Ja, bei Ihnen auch?«, nickte aber nur.

Frau Dr. Wallgraf rollte mit ihrem Stuhl von Schublade zu Schublade und lud allerlei Zeugs auf die Tabletts, die Assistentin half dabei, leise wie ein Fisch unter Wasser.

»Dann wollen wir die Front mal wieder zusammensetzen. Wir machen als Erstes einen Abdruck. Tina, bitte …!«

Ich öffnete reflexartig meinen Mund, ein Abdrucklöffel wurde zur Probe angesetzt. Tina schob mir zaghaft und fast zärtlich den klobigen Löffel in den Mund und prüfte, ob er groß genug war.

»Wie war das doch gleich noch passiert?«

»Mooiun Nefghfgffe ha mmmihgr nejdsfe Schüpdfkjdfpde vohggr.«

»Bitte?« Die Zahnärztin drehte sich wieder um, Tina zog den Löffel wieder heraus: »Mein Neffe hat mir mit einer Holzlatte auf die Zähne geschlagen, er ist erst vier und wir wollten eine Hundehütte bauen, und …«

Erwartungsvoll wie ein Labrador kurz vorm Abwurf des Balles blickte die stille Tina zur Zahnärztin.

»Tina, mischen Sie doch bitte an …« Sie überlegte kurz und sagte dann: »… so wie sie es beim Tauber letztens in der Berufsschule gelernt haben.«

Frau Dr. Wallgraf drehte sich zu mir um und lächelte beseelt. »Ach, den Tauber kenne ich noch von früher. Der kam immer zu uns in die Uni. Der müsste jetzt auch schon über achtzig sein, aber unterrichtet immer noch. Toll, was?« Sie schielte über den Brillenrand und beobachtete, wie blaues Pulver unter den elfenartigen Händen der Assistentin zu einer pampigen Masse wurde und breiig auf dem Löffel verteilt wurde. »Genau so, Tina.« Sie wandte sich wieder mir zu und klappte ihre beiden kleinen Lupen über die Brille. »Und nun schnell rein damit!«

Tina schwebte um Frau Wallgraf herum und schob mir energisch und doch zärtlich den Löffel in den Mund.

»Eine Hundehütte bauen. Ach, wie schön!«, sprach sie weiter. »So was habe ich damals mit meinen Töchtern auch mal gemacht. Das erinnert mich ... Tina ... habe ich schon bei dem Versand von dem Vogelhaus angerufen?« Sie klappte ihre Extra-Lupengläser über ihrer Brille runter und schaute tief in meinen Mund, in dem noch der Löffel hing. »... wollte nur mal sehen, ob der Unterkiefer auch was abbekommen hat. Nein. Ich hab nämlich ein Vogelhäuschen bestellt. Vom Gardenso-Versandhaus. Kennen Sie das? Schöne Dinge haben die da. Tina, holen Sie doch mal den Prospekt. Die haben wirklich tolle Dekorationsartikel. Das Mobile da oben hab ich auch daher. Hübsch, oder?«

Tina schwebte zurück und hielt mir einen Prospekt hin. Porzellanvögel, Gartenschränke und allerlei anderer Gartenkitsch schmückte die Frontseite. »Schauen Sie doch mal rein. Irgendwas findet man da immer.« Frau Doktor blätterte fahrig in den Seiten und tippte mal hier und da mit dem Finger hin und war ganz hingerissen. »Wenn Sie wollen, bestelle ich Ihnen was. Muss da sowieso noch was nachkaufen. So einen dekorativen Handfeger vielleicht? Hier, gucken Sie mal!«

Meine Augen schielten auf den Griff des Abdrucklöffels und ließen mich wahrscheinlich wie ein Opossum aussehen. 43,80 Euro für einen simplen Handfeger. Wer kauft denn so was?

Es wurde plötzlich warm in meinem Mund, sehr warm. Nein, es wurde heiß, sehr heiß. Schweißperlen bildeten sich auf meiner Stirn. Ich hatte das Gefühl, eine heiße Kartoffel in den Mund gestopft bekommen zu haben. Ich grunzte. Noch immer hielt die Zahnärztin mir den Prospekt wie einen Durchsuchungsbefehl vor die Nase. Das hier war kein Spaß, und Frau Wallgraf wollte nicht spielen. Mein Widerstand gegen diesen Handfeger knickte ein, und ich nickte ab.

»Ja, die haben tolle Sachen. Ich kauf da immer gerne. Das macht einen immer so fröhlich, wenn man die Dinge dann zu Hause so sieht. Als ich damals die Depressionen hatte, hat mir das sehr geholfen.«

Ihr Tonfall war entspannt. Ihr Zeigefinger drückte auf die Masse. »Muss noch.«

Die Hitze in meinem Mund wurde unerträglicher, mein wortloses Grunzen verzweifelter.

Beseelt betrachtete die Medizinerin den Prospekt, schob ihre Lupe wieder hoch und tippte fast gleichzeitig gegen die trocknende, heiße Masse. »Oh! Das ist ja ziemlich warm? Tina, ist das ein Kerr-Abdruck oder der Zwei-Komponenten ohne Alginat?« Sie hatte die Ruhe weg.

»Kerr!?«, stieß die Elfe hervor.

»Ach, der Tauber! Immer noch vom alten Schlag. Diese Kerr-Abdrücke macht man doch schon seit Jahrhunderten nicht mehr.« Sie seufzte und schüttelte den Kopf. »Damit kann man den Patienten böse die Mundschleimhaut verbrennen. Im schlimmsten Fall gibt's Brandblasen. Deswegen macht man das eigentlich nicht mehr. Ich hab auch nur noch kleine Mengen davon. Aber genauer sind die Abdrücke schon.«

Ich atmete schwer, die heiße Masse war unerträglich, ich jammerte und stieß unmenschliche Geräusche aus, Tinas blaue Augen vergrößerten sich. Hilfesuchend blickte sie zur Zahnärztin.

»Ist gleich fertig! Jetzt ist das Zeug eh drin. Bei dem Vogelhäuschen, das ich bei Gardenso bestellt habe, war ein Brett ab. Muss ich umtauschen. Für neunachtundneunzig kann man schon mal meckern, oder? Ach, wo war es denn noch? Ach ja, auf Seite 34!« Sie redete ohne Punkt und Komma. Tinas Schatten setzte beherzt am Löffel an und ruckelte. Ich war mir sicher, dass sie meine gesamte Mundschleimhaut mit rausriss.

Mit einem satten Schmatz und Flopp zog mir Tina den Löffel aus dem Mund und betrachtete fachmännisch die blaue Masse, in der mein abgebrochener Frontzahn verewigt war. Frau Dr. Wallgraf hielt den Prospekt noch in der Hand. »Hier, da ist es, das Vogelhaus. Toll, oder? Wie ein echtes Chalet!« Ich blickte höflich auf die bunten Fotos und erstarrte. 998 Euro! Nicht 9,98 Euro. Frau Dr. Wallgraf klappte ihre Lupe wieder runter und nickte wohlwollend ihrem stillen Schatten zu, der sogleich mechanisch die Masse für meinen Zahnersatz anrührte.

»Dann wollen wir mal den Frontzahn provisorisch aufbauen, umtauschen geht da ja leider nicht.« Sie lachte schallend über ihren Witz, klopfte mir auf die Schulter und ging ohne einen Abschiedsgruß aus dem Raum. Einen Atemzug später sirrte bereits der Bohrer im Nebenzimmer.

Noch etwas benommen ging ich mit frisch geklebtem Frontzahn zur Garderobe und nahm meinen Mantel. Die blonde Mitarbeiterin am Empfang lächelte mich ebenso elfengleich an wie Tina und hielt mir einen kleinen Zettel entgegen. »Ihr Termin ist in drei Wochen. Ihr Handfeger müsste dann auch da sein. Da freut sich die Frau Doktor bestimmt. Durch diese Freundschaftswerbung bekommen wir für Zimmer 3 jetzt auch so ein schönes Mobile. Sind immerhin 5 Euro, die man da spart.«

VIELLEICHT SCHICKSAL

von André Herrmann

Betrunkene und kleine Kinder schützt der liebe Gott, so sagt das Sprichwort.

Martin musste also einfach zu alt oder nicht betrunken genug gewesen sein, dachte ich, auch wenn die SMS, die mich im Morgengrauen weckte, etwas anderes vermuten ließ:

Kranich du Michelin bitter im Krakenhaus abgeholt? Ich hasse einen kleinen Unfalltod!

Scheiß Autokorrektur.

Fünfzehn Minuten später bog ich in den Hof des Krankenhauses ein. Es war noch viel zu früh. Was hatte Martin nur angestellt? Ich dachte, es hatte ein harmloser Brettspieleabend werden sollen, zu dem ich nur nicht gegangen war, weil ich es nicht ertrug, stundenlang *Die Siedler von Catan* zu spielen und mich mit hart an der Dreißig kratzenden Junggebliebenen über Erz und Holz zu streiten. War die Lage etwa eskaliert, war es handgreiflich geworden, weil die flippige Melissa ihr Holz zu horrenden Tauschpreisen angeboten hatte?

An der Rezeption erwartete mich eine grimmig dreinschauende Frau, deren zur Faust geballtes Gesicht sehr deutlich

»Sprich mich nicht an!« verkündete. Ganz bestimmt war auch mit dieser Frau nicht gut Rohstoffe tauschen.

»Ich suche Herrn Martin Hildmann«, sagte ich.

»Hammwer nich«, erklärte die Rezeptionistin.

»Müssten Sie dazu nicht erst in Ihrem Computer nachgucken?«

»Hammwer nich«, sagte die Rezeptionistin.

»Computer oder Herrn Hildmann?«, fragte ich.

»Hammwer nich.«

»Okay«, sagte ich, »ich hab hier eine SMS bekommen, dass ich jemanden abholen soll ...«

»Hammse Ihre Schippkarte dabei?«

»Also, ich, ich will ja gar nicht ...«, sagte ich.

»Schippkarte!«, kommandierte die Rezeptionsbiene.

»Ich, eh, also weil ich wollte den ja nur abholen«, sagte ich, während ich ihr die Karte reichte.

»Da krieg ich erst mal zehn Euro!«

»Ehm, ich dachte, so was gibt's im Krankenhaus nicht?«

»Das is überall so!«

»Sollte das nicht abgeschafft werden?«

»Erst ab 2013!«

»Und wenn jetzt hier so ein Notfall kommt und der einfach keine zehn Euro dabei hat?«

»Wir nehmen auch EC-Karte!«

»Könnten Sie vielleicht einfach mal gucken, vielleicht hat ja eine Kollegin ...«

»Einfach mal Platz nehmen«, sagte die Frau.

»Aber, aber, ich wollte ja nur ...«

Der Blick der Frau wurde finster, und die Deckenlampen begannen zu flackern. Ein eisiger Wind pfiff plötzlich durch die Gänge. Ihre Stimme verdunkelte sich, und es hätte mich nicht gewundert, wenn sie ihr Anliegen durch eine Dreihundertsechzig-Grad-Drehung ihres Kopfes untermalt hätte.

»Einfach! Platz! Nehmen!«

Was war hier los? Wo war Martin? Wurde er noch immer behandelt? War es schlimm? War es nur eine kleine Platzwunde, oder hatte man ihm längst ein komplett neues Gesicht draufgepflanzt, sodass ich ihn vermutlich gar nicht wiedererkennen würde, selbst wenn er direkt neben mir säße?

Die Schiebetür ging auf, herein taumelte ein blutiger Kerl, bei dem man nicht wusste, ob er eine fiese Gesichtsverletzung oder bloß sehr schnell einen McRib gegessen hatte.

»Da bekomm ich erst mal zehn Euro!«, hörte ich es von der Rezeption.

»Hmpfmgpgpf«, erwiderte der Blutige.

»Sie müssen schon deutlicher sprechen, wenn Sie Hilfe wollen!«

»Hmpfmpfpf Mepfmehmarte?«

»Ja, wir nehmen auch EC-Karte!«, rief die Rezeptionistin.

Langsam begann ich ernsthaft zu zweifeln, ob das hier wirklich echt oder ob ich nur zur Hauptfigur eines bisher unentdeckten Kafka-Romans geworden war. Warum riefen sie alle immer mich zur Hilfe, wenn es irgendein Problem gab? Und so schlimm konnte es ja wahrlich nicht sein, wenn Martin immerhin noch hatte eine SMS tippen können. Oder etwa doch?

»Herr Herrmann, soso«, unterbrach mich eine Stimme, zu der sich ein paar hässliche Clogs in mein Sichtfeld schoben. Ich blickte auf. Ein älterer Arzt stand vor mir.

»Lustiger Name, Herr Herrmann«, kicherte er.

»Jaja«, sagte ich, »der war damals in der ersten Klasse ein echter Brüller!«

»Sie sehen gar nicht richtig krank aus!«, sagte der Arzt und begann, mit seinen Clogs herumzuklackern. »Was fehlt Ihnen denn?«

»Nichts, ich warte hier nur.«

»Niemand wartet einfach nur so im Krankenhaus!«, echauffierte sich der Arzt. »Das wäre ja total krank! Und damit wiederum ein Fall fürs Krankenhaus!«

»Hey, Sie!«, schrie er den blutenden Mann an, der sich gerade auf einem der Plätze niederließ. »Warten Sie auch einfach so hier?«

»Hmhmhmhfp nee!«, nuschelte der Mann und zeigte auf sein kaputtes Gesicht.

»Ja, ... weil ... Sie könnten ja auch nur sehr schnell einen McRib gegessen haben, deshalb frag ich sicherheitshalber mal nach!«

Herrjeh dachte ich, war ich am Eingang falsch abgebogen und in der Psychiatrie gelandet?

»Dann kommen Sie mal mit ins Behandlungszimmer, Herr Herrmann«, rief der Arzt, während er vorneweg lief und immer wieder murmelte: »Hihi, Herr Herrmann, hihi!«

Ich folgte dem Arzt durch den sehr langen Gang, dann durch noch einen, und noch einen, dann wieder zurück, weil er sich verlaufen hatte, und schließlich bis ans Ende eines weiteren Ganges. Ich hatte keine Ahnung, wo ich war, aber wenn in diesem Gebäudetrakt die verrückten Elektroexperimente durchgeführt wurden, hätte ich garantiert nicht wieder zurückgefunden.

»So, Herr Herrmann«, murmelte der Arzt, während er mich auf eine Pritsche wies und sich ein paar Akten widmete. »Mein Name ist Dr. Keller, ich bin hier Leiter der chirurgischen Abteilung.«

»Also, eh«, begann ich, »ich glaube, hier liegt ein Missverständnis ...«

An einem Schreibtisch saß eine dieser bildhübschen Krankenschwestern, die man wahrscheinlich nur einstellte, damit die Patienten so richtig Bock auf eine möglichst lange und komplizierte Behandlung bekamen.

»So, dann noch mal«, unterbrach mich Dr. Keller, während er sich umdrehte. »Was fehlt Ihnen ... – meine Güte, Sie sehen ja übel aus. Ist Ihnen nicht gut?«

»Na ja«, sagte ich, »es ist noch ein bisschen früh, ich hab gestern was getrunken und ja.«

Herr Keller griff nach einem Skalpell und hielt es schützend vor sich: »Sind Sie krank?«

»Nee«, sagte ich, »hab ich doch eben schon gesagt!«

»Nicht mal Kopfschmerzen? Jeder hat doch Kopfschmerzen!«

»Doch, ziemlich oft. Das ist so eine Art Migräne.«

»Vielleicht ist es ja keine Migräne, sondern, pff, Schicksal?«

Haha, dachte ich, na, vielen Dank auch. Er wird mich umbringen.

»Na ja«, sagte er und griff nach meiner Hand. »Zeigen Sie mal Ihre Lebenslinie!«

»Meine was?«

Prüfend tastete er auf meiner Hand herum.

»Wie alt sind Sie jetzt?«

»Fünfundzwanzig«, sagte ich.

Dr. Keller stutzte und ließ abrupt meine Hand los: »Oha.«

»Was heißt ›oha‹?«, fragte ich verwirrt. »Wegen der Migräne?«

»Ach, was heißt Migräne. Es könnte ja auch ein Aneurysma sein!«, grinste er.

Klasse, dachte ich, hätte ich gestern doch einfach vorm Schlafengehen mein Handy ausgestellt. Mir wäre all das erspart geblieben. Stattdessen würde mir Dr. Keller vermutlich gleich hannibalmäßig den Kopf aufsägen und sich mein Sprachzentrum von der hübschen Krankenschwester in Kräuterbutter anbraten lassen. Ich hätte einfach im Bett liegen bleiben können, aber nein, André musste ja aufs Handy gucken.

»Was arbeiten Sie eigentlich?«, fragte Dr. Keller.

»Ich studiere«, sagte ich.

»Ach herrje! Dann machen wir erst mal nur ’nen Verband drum!«

»Einen Verband? Das ist alles?«, fragte ich, während die bildhübsche Krankenschwester bereits begann, meinen Kopf einzuwickeln. Es war sehr, sehr schön.

»Da draußen sitzen Leute, die gehen arbeiten! Und jetz’ ab hier!«, rief Dr. Keller, während mich das Krankenschwesterplaymate nach draußen führte.

Mann, Mann, Mann, dachte ich, als ich durch die verwinkelten Gänge tappte, wenn das hier nicht die Matrix ist, dann weiß ich auch nicht. Aber echt schlampig programmiert.

Der Wartebereich war noch immer voll besetzt, und zu meinem Erstaunen entdeckte ich Dr. Keller, der sich bereits mit einem Rentner unterhielt. »Sie sehen gar nicht krank aus. Was fehlt Ihnen denn?«, fragte er.

»Ich war so einsam«, sagte der Rentner. »Das ganze Wochenende ohne Arztbesuch, da dachte ich, vielleicht schau ich mal in der Notaufnahme vorbei, und wir machen mal eine Kernspintomografie oder so.«

»Wir machen heute nur Verbände«, sagte Dr. Keller.

»Heeyyyyyy!«, rief eine Stimme, die mir sofort bekannt vorkam.

Ich drehte mich um und war ziemlich erleichtert, endlich Martin zu sehen, der gerade von einem weiteren Krankenschwesterplaymate einen Verband um den Kopf gewickelt bekam.

Daneben saß ein junger Mann, der mir fröhlich zuwinkte, wobei sein Handballen dauernd auf- und zuklappte, sodass er kleine Blutfontänen auf dem Boden verteilte.

»Hmmhmhpf Mallo!«, rief auch der gut gelaunte Mann mit dem McRib-Gesicht.

»Ey, Martin!«, rief ich. »Tut’s weh?«

»Neun, Überwurf nicht«, rief Martin. »Ist nur eine Kleber Platz Wundwasser!«

»Hä?«

»Ist Allesfresser nicht so schlimmstenfalls, ich bin bloß die Treppengeländer Heroin gefallen!«, erklärte Martin.

»Du merkst aber schon, dass du etwas sonderbar sprichst, oder?«, fragte ich.

»Hä? Ich Sprecherziehung vollends Normalität!«

»Das wird schon wieder! Sein Gehirn ist ein bisschen angeschwollen und drückt jetzt gegen die Schädeldecke. Manche Leute fangen in so einem Zustand an, sich Funktionsjacken zu kaufen oder Gefallen an Nachtflohmärkten zu finden«, erklärte einer der Ärzte. »Und manche reden eben wie die Autokorrektur im Handy. Gut, dass wir erst mal 'nen Verband drum gemacht haben!«

MIT ENALAPRIL AM BODEN

von Andreas Scheffler

Im Traum befinde ich mich auf einer ziemlich langweiligen Party in einer Fabriketage. Es ist eine Party, auf der ausschließlich Smalltalk betrieben wird. Smalltalk gehört zu den nervenaufreibendsten Dingen, denen man sich hingeben kann. Ich stehe mit zwei Männern zusammen, von denen ich einen duze und einen sieze, und zerbreche mir den Kopf darüber, wie ich sie gemeinsam ansprechen kann. Wenn ich frage: »Wie lange wollt ihr denn noch bleiben?«, brüskiere ich den Fremden. Frage ich: »Wie finden Sie denn die Feier?«, stoße ich meinen Freund vor den Kopf. Es ist fatal. Ich überlege gerade, ob wohl der Fremde älter ist als ich oder nicht, denn wäre ich der Ältere, könnte ich ihm das Du anbieten, und die Sache wäre geritzt, da springt eine unserer Katzen auf meinen Brustkorb, und ich erwache schlagartig aus dem eh nur noch leichten Schlaf.

Ein Verwandter sagte mir mal, wenn man einen Herzinfarkt bekäme, das würde sich anfühlen, als wenn einem ein Elefant auf die oberen Rippen träte. In dem Fall, meine ich, wären allerdings alle Herzinfarkte tödlich. Meine Bettdecke und das Kopfkissen sind feucht von meinem Schweiß. – Muss bei der Party in meinem Traum hoch hergegangen sein.

Ein Ritual nach dem Aufstehen ist die Einnahme von Tabletten. – Eine Alterserscheinung, mit der ich mich im Lauf der Jahre abgefunden habe. Thyroxin zur Entlastung der Schilddrüse, Pantoprazol für den Magen und Enalapril zum Senken des Blutdrucks. Das soll einem Herzinfarkt oder Schlaganfall vorbeugen. Enalapril ist ein seltsames Medikament. Denn auf dem Beipackzettel sind als häufige Nebenwirkungen Herzinfarkt und Schlaganfall angegeben. Na ja, Hauptsache, die Pillen zügeln mein ansonsten überschäumendes Temperament.

Der Gedanke regt mich offenbar so sehr auf, dass mir die Blutdrucktablette, gerade als ich sie aus der Packung gedrückt habe, hinunter auf die Fußbodenfliesen fällt. Na toll! Die Pille ist sehr klein. Und sie hat ziemlich genau die gleiche Farbe wie unsere Cantabria-Cotto-Fliesen. Braun, ins Rötliche übergehend, wobei die leichte Unregelmäßigkeit der Flammung noch zusätzlich für Verwirrung sorgt.

Kurze Zeit später knie ich in Unterhose und T-Shirt unter dem Küchentisch und taste den Fußboden nach dem Medikament ab. Sehen kann ich die Pille nicht. Ich ziehe alle Stühle hervor, ich sehe an den Tischbeinen nach. Meine Herrn, hier müsste aber auch mal wieder geputzt werden! Sie ist runtergefallen, aber vorsichtshalber suche ich auch die Tischoberfläche und die Stuhlsitze ab. Nichts. Eigentlich ist es nur eine kleine Tablette. Ich habe noch fast eine ganze Packung. Aber, fällt mir schlagartig ein, was passiert, wenn eine der Katzen die Pille findet und frisst? Wie geht es einer etwa 6000 Gramm schweren Katze, wenn sie 10 Milligramm Enalaprilmaleat zu sich nimmt? Wird sie dann einfach nur ruhiger oder so ruhig, dass sie überhaupt nicht mehr aufwacht? Ich will es nicht darauf ankommen lassen.

Wo sind die Tiere überhaupt? – Polly hat sich nach dem Wecken in den ersten Stock verzogen, kann aber jeden Moment wieder aufkreuzen; die beiden Kater können sonstwo sein. Sabine ist noch werweißwielange in Königs Wusterhausen und kann mir auch nicht helfen. Eine weitere halbe Stunde suche ich erfolglos den Fußboden ab. Kater Willy kommt dazu, legt sich vor mir auf den Rücken und will gekrault werden. Dafür fehlt mir im Moment absolut der Sinn. Mein Blutdruck ist am Kochen. Ich scheuche ihn fort, aber er meint, ich wolle spielen. Ich rufe: »Willy, hier geht es um Leben und Tod! Um deinen!« Willy kann laute Stimmen nicht leiden und trollt sich widerspruchslos auf die Terrasse. Ich bin mittlerweile auf hundertachtzig und frage mich, ob da womöglich gerade ein Elefant lauert, der mir auf den Brustkorb stiefeln will. Staub und Dreck gibt es hier im Überfluss, aber keine blöde Pille.

Ich könnte den Tierarzt anrufen. Aber der guckt immer so skeptisch, wenn wir uns auf der Straße treffen, als wolle er jeden Augenblick sagen: »Hauchen Sie mich doch mal an.« Und seine Frau ist Vorsitzende des Tierschutzvereins. Meine fahrlässige Handhabung der Medikamente ist ja eindeutig Katzenwohlgefährdung. Ich denke her und hin, da kommt Kater Phillipp von irgendwoher und stiefelt träge auf seinen Futternapf zu. Blitzschnell erfasse ich die Situation, stürze neben ihm zu Boden und entreiße ihm in letzter Sekunde den Trockenfuttertrog. Ich schütte die Brocken auf dem Küchentisch aus und prüfe akribisch, ob die Tablette dazwischenliegt. Phillipp schreit empört, springt auf den Tisch und versucht, zwischen meinen suchenden Händen zu fressen. Ich scheuche ihn fort und gebe meine Tablettensuche nach zehn Minuten erfolglos auf.

Wenig später, ich sitze inzwischen resigniert mit einem Glas Rotwein im Sessel, kommt Sabine nach Hause. Ich erzähle ihr alles, sie schickt Phillipp auf die Terrasse, zeigt auf den Kirby und sagt: »Es müsste eh mal gesaugt werden.« Nach einer Stunde ist die Wohnküche so staubfrei wie nie. Aller Wahrscheinlichkeit nach müsste die Pille jetzt im Staubbeutel gelandet sein. Aber Zweifel bleiben.

UNTER HYPNOSE

von Mareike Barmeyer

Eine Freundin von mir macht eine Ausbildung als Hypnosetherapeutin. Und sie ist immer auf der Suche nach Freiwilligen, an denen sie üben kann. Ich fand Hypnose schon immer interessant und melde mich als Versuchskaninchen. Ich darf mich auf ein gemütliches Sofa legen. Die Freundin setzt sich daneben auf einen Stuhl.

»Was soll ich denn bei dir therapieren?«, fragt die Freundin.

»Ich reagiere auf Rosen allergisch«, sage ich.

»Auf alle?« Sie hat einen Block in der Hand und macht sich eifrig Notizen.

»Nur auf die roten und weißen«, sage ich. »Die gelben sind okay.«

»Und wie äußert sich deine Allergie?«, fragt die Freundin.

»Die Nase macht zu, und ich muss würgen«, erkläre ich.

»Oh«, macht die Freundin.

»Das hat mich schon einige romantische Momente gekostet.«

»Ja, das ist schade«, sagt die Freundin und schielt auf eine Vase mit Rosen, die bei ihr auf dem Tisch steht. Rosa Rosen.

»Ich bin nur allergisch auf Rosen, wenn sie mir geschenkt werden«, füge ich an.

»Ach so«, sagt die Freundin. »Gibt es vielleicht noch etwas anderes, womit ich dir helfen könnte?«

»Also ... ich hätte gerne einen Freund«, sage ich.

»Ja?«, sagt die Freundin. »Das ist ja interessant. Und ...?«

»... Könntest du nicht jemanden, den ich hierherbringe, hypnotisieren und dazu bringen, sich in mich zu verlieben?«, frage ich meine Freundin.

»Berufsethik«, sagt sie knapp. »Das darf ich nicht. Will aber jeder Zweite, den ich auf der Couch habe«, fügt sie hinzu. »Ist definitiv eine Marktlücke. Wie wär's mit Abnehmen?«, schlägt die Freundin vor.

Ich schaue sie böse an.

»Rauchen«, sage ich.

»Rauchen?«, fragt meine Freundin.

»Ja, ich möchte mit dem Rauchen aufhören.«

»Das kann ich machen«, meint die Freundin.

Ich soll meine Augen schließen und ihr gut zuhören, sagt sie.

Ich soll imaginäre Stufen zu einem imaginären Strand runterlaufen, Stufe um imaginäre Stufe, und ich soll mich darauf konzentrieren, mich wieder genau so zu fühlen, wie ich mich gefühlt habe, bevor ich anfing zu rauchen. Danach verschwimmt alles in meiner Erinnerung.

Eine Dreiviertelstunde später schnipst meine Freundin mit den Fingern, und ich bin wieder ganz da.

»Und willst du eine?«, fragt mich die Freundin, als ich mich noch etwas benommen aufsetze, und bietet mir eine Zigarette an.

»Nö«, sage ich und versuche, meinen Pony über mein rechtes Auge fallen zu lassen. Geht nicht, der Pony ist zu kurz. Tatsächlich verspüre ich keinerlei Bedürfnis, eine zu rauchen, aber gut fühle ich mich auch nicht.

»Voller Erfolg!«, ruft die Freundin und klatscht in die Hände.

»Hm«, mache ich.

»Falls dir was komisch vorkommt, ruf mich an.«

»Von Nebenwirkungen hast du vorher nichts gesagt«, sage ich.

»Ich habe das Raucherskript nicht gefunden«, sagt die Freundin. »Ich habe mir den Text selber ausgedacht. Unser Lehrer befürwortet das zwar nicht, aber ich hab mir gedacht, so schwer kann das ja nicht sein.« Dann zündet sie sich eine Zigarette an. »Und es hat ja offensichtlich geklappt.«

Auf dem Nachhauseweg klingelt mein Handy.

»Hallo, Schätzchen!«.

Meine Mutter.

»Hm«, sage ich.

»Wie geht's dir, Liebes?«, fragt sie.

Kann sie nicht aufhören mit diesen ständigen Kosenamen? Ich bin doch kein Baby mehr!

»Geht dich nichts an!«, sage ich und versuche erneut, meinen zu kurzen Pony über mein rechtes Auge zu werfen.

»Das klingt nicht gut, Schätzchen«, meint meine Mutter.

»Lass mich in Ruhe!«, fahre ich sie an.

»Hast du aufgehört zu rauchen?«, will sie wissen.

Woher weiß sie das denn schon wieder, frage ich mich.

»Dein Vater war auch immer so gereizt, wenn er aufgehört hat zu rauchen«, sagt sie.

»Ist mir doch scheißegal!«, rufe ich und lege auf.

Was war denn das, frage ich mich. Aber noch immer spüre ich keinen Drang, eine zu rauchen.

An der nächsten Ecke stehen drei Teenager herum und rauchen. Ich werde ganz nervös, aber nicht wegen der Zigaretten, sondern wegen der Jungs. Gut sehen sie aus, ziemlich lässig und cool. Hoffentlich sprechen sie mich nicht an. Verschämt senke ich meine Blicke, als ich an ihnen vorübergehe. – Hä? Die Jungs sind zwanzig Jahre jünger als ich, pickelig mit Justin-Bieber-Haarschnitt. Irgendwas stimmt nicht mit mir! Aber habe ich Lust auf eine Zigarette? – Nee.

Beim Späti kaufe ich mir ein Gehbier. Das habe ich schon lange nicht mehr gemacht und dabei ist es erst 12 Uhr mittags. Wie cool ist das denn? Bier trinken am Vormittag!

Als ich in meiner Wohnung ankomme, werde ich ganz aufgeregt. Hey, ich gehe jetzt in meine Wohnung! In meine *eigene* Wohnung, ohne Eltern, juhuuuuuuuuu! Ich schließe die Tür auf.

Moment ..., ich wohne seit über fünfzehn Jahren nicht mehr bei meinen Eltern. Das ist nicht mal meine erste eigene Wohnung. Außerdem wohne ich hier auch schon seit über sechs Jahren. Mir schwant Übles. Aber gleich werde ich von einer halb vollen Packung Gauloises abgelenkt, die auf einem Tischchen herumliegt. Boah, ich kann eine rauchen! In meiner eigenen Wohnung, ohne dass meine Eltern was davon mitkriegen! Ich stecke mir sofort eine an und fühle mich sofort richtig erwachsen.

Moment ..., ich bin über dreißig. Ich *bin* erwachsen.

Ich rufe meine Freundin an.

»Irgendwas stimmt hier nicht«, sage ich und ziehe tief an der Zigarette. Mir wird ganz schwindelig, und ich fange an zu kichern.

»Du rauchst ja wieder«, stellt die Freundin fest, »und das ist nicht komisch.«

»Scheißegal«, sage ich und bekomme einen Lachkrampf.

»Es hat nicht geklappt«, sagt die Freundin, »das mit der Hypnose, oder?«, und fügt hinzu: »Und jetzt hör auf, dich wie ein Teenager zu benehmen!«

Dann wird es am anderen Ende der Leitung plötzlich ganz still.

Ich zünde mir eine neue Zigarette an der Glut der alten an.

Wie geil ist das denn, Kettenrauchen yeah, denke ich. Wenn das meine Eltern wüssten ...

»Wie alt warst du, als du angefangen hast zu rauchen?«, fragt die Freundin.

Ich inhaliere tief.

»Ich glaube, so fünfzehn«, sage ich.

»Das dachte ich mir«, sagt die Freundin mit Grabesstimme. »Du musst sofort herkommen!«

»Au ja! Ich bring noch 'ne Flasche Batida de Coco mit und Schokoküsse«, sage ich und lege auf.

Batida de Coco? Das Gesöff habe ich das letzte Mal mit fünfzehn getrunken, fast eine ganze Flasche davon alleine auf einer schrecklich langweiligen Party. Am nächsten Tag habe ich nur noch gekotzt, und seitdem habe ich das Zeug nie wieder angerührt. Warum habe ich also auf einmal total Lust darauf und auf Schokoküsse? Finde ich eigentlich auch total ekelig. Trotzdem kaufe ich das beides ein und gehe zur Freundin.

Nachdem wir uns beide ein Gläschen Batida de Coco genehmigt und ein paar Zigaretten geraucht haben, darf ich mich wieder auf das Sofa legen.

»Es tut mir leid«, sagt sie. »Ich habe dich, wie es scheint, nicht gegen das Rauchen therapiert, sondern in die emotionale Verfassung zurückversetzt, in der du warst, bevor du zu rauchen begonnen hast. Und da warst du fünfzehn. Aber keine Sorge, das sollte nicht lange anhalten.«

»Hä, was für'n Scheiß«, sage ich und versuche wieder das Ding mit dem zu kurzen Pony.

»Genau«, sagt sie.

»Na und?«, frage ich. »Was machen wir jetzt?«

»Partyyyyyyyyyyyyyy!«, ruft sie und gießt sich noch ein großes Glas Batida de Coco ein.

HERZKRANK

von Bov Bjerg

Wenn man morgens, lang nach Mitternacht, nach Hause kommt, mit einem Heißhunger auf Spaghetti, Nudelwasser aufsetzt, die Tomatensoße zubereitet, also Zwiebeln andünstet, Knoblauch dazu, Tomaten aus der Dose, Basilikum, Thymian, Oregano, Pfeffer, Salz, um, als das Nudelwasser kocht, festzustellen, dass keine einzige Nudel mehr im Haus ist, ein Vorgang, der in der Geschichte meiner Küche einmalig ist, aber wie soll man auch einkaufen gehen, wenn es mitten im Frühjahr tagelang regnet und schneit, das sind nämlich die sozialen Folgen der Klimakatastrophe, von denen redet kein Mensch – wenn man also mitten in der Nacht seinen Bauch mit trocken Brot und Tomatensoße füllen muss, dann fängt's ja schon mal gut an, dann muss man für die nächste Zeit mit allem rechnen.

Sie kam zur Tür herein und steckte die Wohnungsschlüssel gar nicht erst wieder ein. Sie legte sie auf den Tisch. Na gut, immerhin sagte sie nicht »Es ist aus« oder so'n Scheiß. Neben die Schlüssel legte sie ein Buch, das sie sich ein paar Tage vorher geliehen hatte.

»Du hast es schon gelesen?«

»Ja.«

»Und?«

»Langweilig.«

Tür zu, und dann war sie weg, und ich war schneller mit ihr alt geworden, als ich mir das vorgestellt hatte.

Das kommt davon, wenn sich Frauen in einen vergucken, nur weil sie ihn auf der Bühne lustig finden. Privat bin ich nämlich überhaupt nicht lustig, sondern schüchtern und introvertiert bis zur Implosion. Schon immer. Bei der Eignungsprüfung für die Grundschule mussten wir auf Bildchen ankreuzen, wo sich die Maus versteckt hatte. Das war nicht besonders schwierig, weil die doofe Maus immer überall herausgeguckt hat. Ich war ruckzuck fertig und habe mich nicht getraut zu sagen, dass ich pinkeln muss, sondern einfach still vor mich hin geweint, bis die Lehrerin mich angesprochen hat. So schüchtern war ich als Kind, so schüchtern bin ich heute noch. Intelligent, ja, damit können Frauen was anfangen, aber wenn der Mann anfängt zu flennen, wenn er aufs Klo muss, das halten sie nicht lange aus.

Vor einiger Zeit hat mir ein alter Schulfreund gestanden, dass er manchmal am Ende von Mathearbeiten, wenn er sah, dass die Zeit nicht reichen würde, vor lauter Panik eine Erektion bekam, sogar einen Samenerguss. So was wie der Samenerguss beim Erhängen. Er war lange solo, aber in Mathe war er immer einer der Besten. So viel zum Problem Schule und Ausfluss.

Abends lerne ich am Tresen einen jungen Mann kennen. Wir schütten uns unsere Herzen aus, labern, labern, labern – lange, leidvoll und langsam auch lallend.

Am nächsten Tag weckt mich relativ überraschend ein Herr in Uniform. »Hier haben Sie Ihre Sachen zurück. Unterschreiben Sie bitte. Wissen Sie, wo Sie hier sind?« Ich schüttle den Kopf. »Links raus geht's zur U-Bahn.« Ich also rechts raus. Meine Brille ist weg, und ohne Brille kann ich rechts und links nicht unterscheiden. Gegen Mittag erreiche ich einen S-Bahnhof.

Ich rufe den jungen Mann von heute Nacht an.

Er sagt: »Das Gleiche wollte ich eigentlich dich fragen.«

Wir rekonstruieren. Ich erinnere mich an viele Biere und an den zweiten Whiskey, er erinnert sich an einen dritten.

»Na ja, und ich weiß noch, wie du mich gefragt hast, ob ich schwul bin.«

Das klingt glaubhaft. Das ist eine von den zwei, drei Fragen, die ich immer stelle, wenn ich schon doppelt sehe. Beziehungsweise vier, sechs Fragen.

»Und jetzt überleg ich schon den ganzen Tag, also, seit ich überlegen kann, weil ... ich bin nämlich so ein Nach-dem-zwölften-Bier-...«

»Ein Nach-dem-zwölften-Bier-Schwuler? Ja, was es nicht alles gibt. Ich auch!« Wir lachen ein bisschen ratlos. Aber selbst wenn da noch was war, stellen wir fest, zum Austausch nennenswerter Mengen von Körperflüssigkeit dürfte es kaum noch gekommen sein. Sex nach dem zwölften Bier ist absolut safe.

Nächster Tag: Bei Fielmann, meinem Augen-Aldi, bestelle ich eine neue Brille. Keine Angestellte mit weniger als zwei Dioptrien. (Keine Psychologie-Studentin mit weniger als zwei Neurosen.) Ich werde mich hüten, mit einer Optikerin anzubandeln. Brillenträger können miteinander nicht glücklich werden. Beim Küssen verhaken sich dauernd die Gestelle, da kann überhaupt keine Stimmung aufkommen, die Brillen fallen runter und gehen kaputt. Oder beide nehmen ihre Brillen ab, bevor sie sich küssen, aber das kann man nur tun, wenn man allein ist, denn sonst beömmeln sich alle Unbeteiligten, wenn die beiden Blindfische nach ihren Mündern tasten. Außerdem bekommen zwei Brillenträger mit großer Wahrscheinlichkeit ein brillentragendes Kind, mit zwei plus zwei gleich vier Dioptrien. Und wo das hinführt, kann sich jeder leicht vorstellen: Ein paar Generationen später haben siebzig Prozent der Bevölkerung Augen wie die Luchse, die restlichen dreißig Prozent sind blind wie Maulwürfe und müssen ihr Dasein beim U-Bahn-Bau fristen.

Nichts gegen U-Bahn-Bau, aber meine Nachkommen sollen es einmal besser haben.

Dann: stechende Schmerzen. Linke Brust, Herzgegend. Das muss eine Herzmuskelentzündung sein. Oder ein Herzinfarkt. Vielleicht sogar zwei. Scheiße, wenn ich jetzt zum Arzt gehe, liege ich zack im Krankenhaus. Das erste Mal in meinem Leben. Hausgeburten wie ich kommen aus dem Krankenhaus nicht mehr lebend raus. Mein Bettnachbar wird garantiert dauernd fernsehen, volle Lautstärke, weil er beim Herzinfarkt auch noch einen Hörsturz hatte. Ich stecke meine Zahnbürste ein, und Ohropax, und gehe zum Arzt. Vielleicht sollte ich noch schnell eine Lebensversicherung abschließen. Auf den Namen meiner Verflossenen. Dann ist sie beschämt, wenn ich tot bin.

Im Wartezimmer muss ich einen Fragebogen ausfüllen. Ich habe Gott sei Dank nur Asthma, und auch das nur, wenn die Pollen fliegen. Und wenn ich im Sommer an der See bin, ist auch alles prima. Jetzt die akuten Symptome. Ich mache mein Kreuz bei »Herzschmerzen« und, wo ich schon dabei bin, bei »nächtliches Schwitzen«.

Der Arzt: »Heuschnupfen-Asthma? Au, au ...«

Du Torfnase, denke ich, ich habe zwar tausend Allergien, aber so ganz nebenbei habe ich auch noch einen Herzinfarkt oder zwei.

Der Arzt: »Wissen Sie, wohin so ein Heuschnupfen-Asthma führen kann?«

Ja. Wenn die Mutter meines Kindes auch Asthma hat, dann werden unsre Nachkommen sämtliche Nordsee-Inseln bevölkern müssen. Was ist daran so schlimm? Allemal besser, als unter Tage zu leben.

Der Arzt: »Wo tut's denn weh?« Da. Er bleibt gelassen. Natürlich, ein Arzt darf sich nichts anmerken lassen. In Gedanken sucht er nach der Nummer des Notarztwagens. Er knetet meinen Brustkorb. Knetet, knetet, knetet. War bestimmt mal

Bäcker. Eigentlich sein Traumberuf. Dann: Mehlstauballergie, Umschulung zum Arzt. Aber er kommt einfach nicht davon los.

Au!!! Genau über'm Herz tut's höllisch weh.

»Ja, das liegt weiter außen. Das Herz ist es nicht. Das würden Sie beim Drücken gar nicht spüren. Wahrscheinlich ham Sie sich da 'nen Zug geholt, oder 'ne Zerrung. Ich verschreib Ihnen mal 'ne Salbe.« Hm. Wenn er bloß nicht diesen gelangweilten Ton in der Stimme hätte.

Er verschreibt mir allen Ernstes eine von diesen Nullachtfuffzehn-Sportverletzungs-Salben. Nichts Ernsthaftes. Kein Infarkt, kein Brustwarzenunterbodenkrebs. Nicht einmal ein Herzmuskelkater. Aber kann man der Diagnose eines Bäckers glauben?

Der Tod ist weit weg. Für meinen Geschmack fast zu weit. Ich fühle mich nicht mehr scheiße, sondern nur noch leer. Leer und sinnlos. Jetzt eine Frau sein. Einen netten Mann kennenlernen, Kind machen lassen, Mutter sein. Ungefähr so leer und sinnlos fühle ich mich. Auf dem Nachhauseweg kauf ich zwei Kilo Spaghetti.

HAASE & IGEL

von Michael-André Werner

»Geh doch mal zum Kinderzahnarzt«, hatte meine liebe Frau des Morgens am Frühstückstisch zu mir gesagt, als mein Sohn Michael jr. gerade in sein Zimmer gegangen war, um seine Schultasche zu packen. Die halbjährliche Untersuchung des Filius stünde wieder einmal an, meinte meine Frau, ich möge nach der Arbeit beim Kinderzahnarzt vorbeifahren und einen Termin machen. Unser alter Familienzahnarzt, den mein Zweig der Verwandtschaft seit Generationen konsultiert hatte, war kürzlich in einem biblisch hohen Alter verstorben, herausgerissen mitten aus einer Wurzelkanalbehandlung, die ganze Familie war bei der Beerdigung gewesen, also meine natürlich, nicht seine.

Da die medizinische Versorgung unserer Familie seit jeher dem weiblichen Oberhaupt oblag und meine Mutter sich aus gesundheitlichen Gründen nicht mehr darum kümmern konnte, war meine Frau auf der Suche nach einem neuen Zahnarzt auf eine Anzeige für diese Praxis gestoßen. Ein Kinderzahnarzt, spezialisiert auf Angst- und Schmerzpatienten. Das traf sich gut, denn ich habe stetig Angst, oft Schmerzen, und mein Sohn ist ein Kind; und er hat die Fantasie, die Augen und das Lachen von meiner lieben Frau, witzeln wir oft, jedoch die Angst, die Schmerzempfindlichkeit und die Zahngesundheit von mir.

So fand ich mich nach Feierabend in den hellen, bunten Praxisräumen des Zahnarztes ein. Der Wartebereich bestand vornehmlich aus einem kleinen Spielparadies, einem liebevoll gestalteteten Holzschiff zum Klettern und Rutschen, das Meer drumrum wurde aus einem großen Kasten voller blauer Bälle gebildet. Zwei Kinder ließen sich in das fiktive Wasser fallen, schrien und juchzten. Zwei andere Kinder spielten Zahnarzt, das Mädchen lag auf einem bunten Zahnarztstuhl aus Holz, während der Junge mit Plastikinstrumenten in ihrem Mund herumfuhrwerkte und immer sagte: »Tut nich' weh, tut nich' weh.«

Ich ging zum Empfangstresen, von wo aus die Sprechstundenhilfe das fröhliche Treiben belustigt verfolgte.

»Guten Tag«, sagte sie und erklärte sogleich, dass sie hier versuchten, den Kindern die Angst zu nehmen, indem sie das soeben Erlebte oder das noch Bevorstehende spielerisch nachvollziehen konnten.

»Schön«, sagte ich, »ich komme wegen eines Termins.«

»Aber sehr gern«, sagte die junge Dame, »wie ist denn der Name?«

»Werner«, antwortete ich wahrheitsgemäß, und die junge Frau schaute in ihren Kalender und sagte: »Ah ja, Herr Werner, der Siebzehn-Uhr-Termin, nehmen Sie noch einen Moment Platz.« Sie deutete mit einer leichten, fließenden, durch viele Patientenkontakte stetig eingeübten Handbewegung auf die Sitzgruppe neben dem Spielplatz.

»Nein, nein«, antwortete ich. »Ich habe keinen Termin. Ich möchte einen Termin machen. Für meinen Sohn.«

»Ach so. Wie ist denn der Name?

»Werner«, sagte ich, »Michael Werner.«

»Ja, das steht hier, Michael Werner, heute, 17 Uhr.«

»Na, das ist ja ein Zufall«, sagte ich, »da hat jemand, der genauso heißt wie ich, gerade jetzt einen Termin. Ich bin gespannt, wer das sein mag.«

»Na, Sie sind das«, sagte die Sprechstundenhilfe. »Den Termin hat Ihre Frau neulich gemacht. Für heute, 17 Uhr.«

Vor Erstaunen runzelte es mir die Stirn. »Meine Frau?«

Sie nickte.

»Das kann nicht sein. Das ist sicher ein Zufall. Eine andere Frau hat für ihren Mann einen Termin gemacht. Immerhin – wie wollen Sie denn wissen, dass ich das bin, ich war ja noch nie hier.«

»Sie hat mir bei der Reservierung eine Beschreibung von Ihnen durchgegeben. Klein, etwa einssechzig …«

»Einsfünfundsechzig.«

»… Brillenträger, wenig Haare …«

»Kurze Haare, nicht wenig, die sind kurz.«

»… leicht korpulent …«

»Jaja, schon gut.« Ich schaute mich um, ob uns jemand beobachtete oder belauschte. Der eben noch Zahnarzt spielende Junge beendete seine Behandlung und kam auf die Rezeption zu.

»… Doppelkinn …«

»Ist gut. Ich warte ja. – Dort drüben, sagten Sie?«

Der Junge stellte sich neben mich an den Tresen, konnte aber nicht drübergucken. Er legte den Kopf in den Nacken, drückte das Kinn gegen das Holz und schaute die Sprechstundenhilfe an, die sich ein bisschen über den Tresen beugen musste, um ihn zu sehen.

»Is das der 17-Uhr-Termin?«, fragte der Junge.

»Ja, das ist der 17-Uhr-Termin«, gab sie lächelnd zur Antwort.

»Na, dann komm mal mit«, sagte der Junge nun, offenbar zu mir, denn er griff nach meiner Hand und zog mich mit sich, den Flur entlang. Ich sträubte mich ein wenig, was natürlich auch meiner Überraschung geschuldet war, und warf einen leicht hilflosen Blick zurück zur Sprechstundenhilfe. Ich kann mit Kindern nicht so gut und bin stets froh, dass mein Sohn auch eine Mutter hat und nicht nur mich.

»Gehen Sie ruhig, gehen Sie ruhig«, rief sie lächelnd, ja, fast aufmunternd, wie man es von Eltern kennt, wenn sie zu einem sagen: Der will nur spielen, mach einfach, was er sagt.

Und irgendwie hatte es ja auch etwas Putziges, wie mich der Junge so den Flur entlangzog, »hier lang, hier lang, komm mit«, dabei rief, »ist nicht mehr weit«. So sah es also aus, wenn man den Kindern die Angst vorm Zahnarzt nahm, indem man sie selbst Zahnarzt spielen ließen. Also spielte ich mit.

»Bist du der Onkel Doktor?«, fragte ich.

»Ich bin der Zahnarzt. ›Onkel Doktor‹ sagt man nicht mehr«, gab er zurück.

»Ja, natürlich.«

»Ich mag Igel«, sagte er, als er mich um eine Ecke zog.

»Ich mag Igel auch, aber die sind so stachelig, die kann man gar nicht streicheln. Ich mag Meerschweinchen lieber.«

»Nicht Igel«, rief er leicht verärgert, »IGeL – Individuelle Gesundheitsleistungen. Die machen ganz viel Geld.«

Oha, dachte ich, na, das Anti-Angst-Konzept schien ja prima zu wirken.

Er stieß die Tür auf, neben der ein Schild mit der Aufschrift »Behandlung« und »ZA Torsten Haase« hing, und wie schon vermutet, gab die Tür den Blick auf einen kleinen Raum frei, mit ein paar Sideboards links und rechts und einem großen Zahnarztbehandlungsstuhl in der Mitte, der seinem kleinen Bruder in der Spielecke aufs Haar glich, er war aus Holz, bunt angemalt, nur eben groß genug für Erwachsene.

»Setz dich hin«, sagte der Junge, also setzte ich mich, und er kletterte auf einen Hocker neben dem Behandlungsstuhl.

»Wo tut's denn weh?«, fragte er mich, während er ein paar Knöpfe drückte, sodass der Stuhl ein wenig hoch- und wieder runterfuhr, sich drehte und schließlich in die Waagerechte kippte, erstaunlich funktionsfähig für ein Spielzeug.

»Hui«, rief er dabei und lachte. »Das ist lustig.«

»Ja, lustig«, wiederholte ich, »aber es tut eigentlich gar nicht weh.«

»Ich guck mal. Mach den Mund schön auf. Ja, schön weit.«

Erstaunlich, wie er all die Floskeln, die ein normaler Zahnarzt so von sich gibt, originalgetreu und in der richtigen Betonung wiederholte. Vielleicht war er öfter hier, oder sein Vater war Zahnarzt und nahm ihn oft zur Arbeit mit. Jetzt griff er nach ein paar Instrumenten, die auf der Ablage lagen, einem spitzen Haken – euphemistisch Sonde genannt – und dem kleinen, runden, klassischen Spiegel am Stiel.

»Darfst du denn damit spielen?«, fragte ich.

»Mund auf, nicht reden«, entgegnete er.

Gut, spielte ich eben mit, dachte ich, während er sich meine Zähne anschaute und hier und da herumkratzte und -piekste. Er nahm eine der Pistolen am Schlauch und spritzte Wasser in meinen Mund. »Hihi«, rief er, »psch, psch!«

»Ist dein Papi Zahnarzt?«, fragte ich. »Willst du auch mal Zahnarzt werden?«

»Bin doch schon Zahnarzt.« Es klang ein wenig beleidigt, wie er das so sagte.

»Ja, natürlich, natürlich«, sagte ich. »Hast du schon mal gebohrt?«

»Jaaa.«

»Und, hat das Spaß gemacht?«

»Mir schon.«

Ich nickte, jedenfalls so gut ich konnte.

»Meine Mami hat mir das gezeigt, die ist Zahnärztin.«

»Ach so«, wollte ich schon sagen, konnte aber gerade nicht, weil er mir ein paar seiner kleinen Fingerchen in den Mund steckte.

Da ging die Tür auf und eine Frau im weißen Kittel kam herein. Ich war erleichtert.

»Hallo«, sagte sie.

»Schwester, endlich, dann können wir ja anfangen«, sagte der Junge.

Sie stellte sich neben den Behandlungsstuhl.

»Sollten Sie sich nicht auf die andere Seite stellen?«, fragte ich.

Sie schaute mich verständnislos, aber lächelnd an.

»Wieso, dann kann ich dich ja nicht behandeln«, sagte der Junge.

»Kleiner«, sagte ich, »pass mal auf, die Zahnärztin ist doch jetzt da. Spiel doch mit einem anderen Patienten.«

»Das ist der Arzt«, sagte jetzt die Frau.

»Wie? Nein. Nein«, entfuhr es mir.

»Doch, doch. Sehen Sie, Untersuchungen haben ergeben, dass Menschen weniger Angst vor Kindern haben. Und wir haben uns hier ja auf Angstpatienten spezialisiert.«

»Bei aller Liebe«, sagte ich, »aber ich könnte mir vorstellen, dass Angstpatienten mehr Angst vor Zahnarzt spielenden Kindern mit echten Bohrern in den Händen haben als vor richtigen Zahnärzten.«

»Der Torsten spielt nicht, der behandelt wirklich.«

»Kindliche Frühförderung«, sagte der Junge, »wird schon in der Kita mit angefangen. Ich hatte Chinesisch, Wirtschaft und Zahnheilkunde zur Auswahl. Die Mädchen wollten natürlich alle Tierärztin werden.«

»Was? Wie alt bist denn du?«

»Der Torsten ist vier«, sagte die Frau im weißen Kittel.

»Ich bin fast fünf. Nächstes Jahr komme ich in die Schule.«

»Was? Ich will hier weg, ich will hier sofort raus.«

»Schwester, kannst du mal bitte ...«, sagte der Junge, und die Frau im weißen Kittel drückte mich auf den Behandlungsstuhl und hielt mich an den Schultern fest.

Torsten griff nach dem Bohrer, drückte ein, zwei Mal auf den Knopf und ließ den Motor aufheulen.

»Sooo, ganz weit auf das Mündchen, tut auch gar nicht weh.«

»Torsten«, sagte die Frau jetzt etwas tadelnd, »was haben wir gelernt?«

»Ach so, ja«, sagte der Junge, »wir sollen immer ehrlich sein. – Also, das kann jetzt ein ganz klein wenig wehtun. Ist aber gleich vorbei.«

Dann fing er an zu bohren. Glaube ich, denn eine gnädige Ohnmacht hatte mich bereits in ihre warmen, kuscheligen Arme genommen.

BEIM ARZT

von Christian Bartel

Es stimmt nicht, dass Männer nie zum Arzt gehen. Ich zum Beispiel gehe sehr gerne zum Arzt, denn dort sind die Zeitschriften viel interessanter als beim Friseur. Wenn die nicht so langweilig wären, hätte ich übrigens auch längst eine Frisur. Der niedergelassene Facharzt dagegen prunkt mit einem Schrift gewordenen Bekenntnis zum Besserverdienertum, wie es einem selten unterkommt, seit die FDP aus dem Bundestag geflogen ist. Alles, was ich über Golfen, Oldtimer und Yachten weiß, habe ich jedenfalls der Präsenzbibliothek meines Orthopäden zu verdanken, den ich persönlich aber nie zu Gesicht bekommen habe, weil ich nicht privat versichert bin. Nur ein einziges Mal meinte ich, eine weiß gekleidete Gestalt gesehen zu haben, die von einem eigenartigen Licht umgeben durch den Flur schwebte oder auf einem vergoldeten Streitwagen stand, der von sechs prächtigen Sprechstundenhilfen gezogen wurde. So genau weiß ich das nicht mehr, denn ich hatte mir gerade einen Bänderriss sowie eine heftige Selbstmedikation zugezogen und halluzinierte schon ein wenig vor mich hin. Augenzeugen beschrieben den Doktor jedenfalls später als mächtigen Medizinmann mit einem Handicap von null, der sämtliche Beschwerden durch bloßes Handaufhalten heilen konnte. Ich selbst bin nie weiter als bis in sein marmorverkleidetes Wartezimmer vorgedrungen, eine schnieke Wandelhalle klassizistischen Stils, in der nie Patienten saßen, sondern bloß eine Handvoll Pharmavertreter, die eigentlich Gold, Weihrauch und Myrrhe hatten vorbeibringen sollen, vor Langeweile aber von den eigenen Produktsamples genascht und sich nun in jenen Zustand empfindungsloser Dumpfheit katapultiert hatten.

Mein Hausarzt dagegen behandelt auch Kassenpatienten wie mich, und deswegen ist sein Wartezimmer überfüllt wie das Unterdeck eines Auswandererschiffs, besonders im November, wenn die Grippewelle ihren Scheitelpunkt erreicht. Deswegen gehe ich normalerweise ausschließlich dienstagsmorgens zum Arzt, denn da ist Junkiesprechstunde, und nichts hält ein Wartezimmer derart frei von unterbeschäftigten Hypochondern wie eine zünftige Methadonausgabe nebst einschlägiger Kundschaft. Außerdem klauen die Junkies keine Zeitschriften.

Leider ist heute Donnerstag. Der Raum platzt aus allen Nähten, und zu lesen gibt es bloß noch Focus Money, das faule Kuckucksei unter den Magazinen. Gerade kippt die Sprechstundenhilfe eine neue Fuhre Jammergestalten ab, die sich röchelnd und schniefend in einer Zombieversion der Reise nach Jerusalem zu den wenigen freien Sitzgelegenheiten schleppen. Erfahrene Patienten checken ja prophylaktisch schon im Spätsommer ein, um pünktlich zum Beginn der Erkältungssaison zum Doktor vorgelassen zu werden. Krank wird man ja eh, vor allem wenn man lange genug mit anderen Vergrippten in einem Zimmer herumhockt. In einer Ecke entbindet eine Frau ihr Kind, und die Wartenden jubeln dem neuen Erdenbürger zu, weil ein Termin frei geworden ist: Das Ultraschallbild brauchen sie jetzt nicht mehr, dass es ein Junge ist, sieht man auch so. Ein paar Minuten später tut ein übergewichtiger Mann mit Herzproblemen seinen letzten Schnaufer, und auch jetzt brandet Jubel auf, wenn auch etwas verhaltener.

»Hallo, ich bin Husten, Schnupfen, Heiserkeit«, stelle ich mich meinem Sitznachbarn zur Rechten vor.

»Angenehm, nässendes Ekzem« erwidert der und will mir die Hand geben.

»Ich bin mit einer Neurodermitis, Rheuma, einem offenen Bein und einem Ischias hier«, klärt mich mein Nachbar zur Linken auf.

»Allerhand«, sage ich anerkennend, aber es stellt sich heraus, dass ihm selbst nur der Ischias gehört. Den Rest sitzt er als Platzhalter für zahlende Kunden ab. Die Wohlhabenderen lassen ihre Wartezeit nämlich gern von Rentnern absitzen, die sich so ein kleines Zubrot verdienen können. Das erklärt übrigens auch die hohen Rentnerpopulationen in den Wartezimmern und den Umstand, dass diese Grauköpfe quatschen können wie ein medizinisches Wörterbuch.

»Wer war die Analfistel?«, ruft die Sprechstundenhilfe ins Wartezimmer, und gleich mehrere Herrschaften rutschen nervös, wenn auch sehr vorsichtig auf ihren Sitzen herum. Der Rest der Bande schielt neugierig über die Zeitschriftenränder. Öffentlich bekennen mag sich niemand, doch als ich mich schließlich erbarme und der Sprechstundenhilfe ins Behandlungszimmer folge, werfen mir die echten Fisteln beleidigte Blicke nach.

»Guten Tach, Herr Doktor«, begrüße ich den Arzt. »Na, heute schon ein paar Engelchen gemacht?«

Ich lockere die Atmosphäre gern mit einem kleinen Scherz auf, bevor das Behandlungsgespräch mit immer denselben öden Fragen eröffnet wird: »Rauchen Sie immer noch? Wie ist es mit Sport? Treiben Sie mittlerweile wenigstens regelmäßig Sport? Und zugenommen haben Sie auch schon wieder, wenn ich das richtig sehe.«

»Das mag ja alles stimmen, Herr Bartel«, antwortet mein Arzt. »Aber eigentlich wollten wir doch heute mal zur Abwechslung über Sie reden.«

Man muss gleich zu Beginn in die Offensive gehen, den Spieß umdrehen und den Ärzten zeigen, wo der Chabo den Babo hat, sonst mäkeln sie ununterbrochen an einem herum.

»Na ja, ist ja Ihre Gesundheit, die Sie da ruinieren«, sage ich tadelnd.

»Ich hatte halt viel Stress«, verteidigt sich mein Arzt. »Und die Patienten werden auch immer dreister. Stört es Sie übrigens, wenn ich mir eine anzünde?«

»I wo«, lenke ich ein und stecke mir ebenfalls eine an. Nun endlich ist ein Dialog auf Augenhöhe möglich. Wir kommen überein, dass ich gesundheitlich insgesamt in einem hervorragenden Zustand bin, jedenfalls für einen Patienten Mitte sechzig, der beruflich viel mit Asbest zu tun hatte. Allerdings finden wir heraus, dass ich am Helmut-Schmidt-Syndrom leide und sofort sterben müsste, wenn ich mit dem Rauchen aufhörte, ansonsten sei ich quasi unsterblich. Der Husten dagegen ist psychosomatisch, behauptet mein Arzt, der dasselbe Rasseln in den Bronchien hat. Er holt ein Schächtelchen aus dem Medikamentenschrank und überreicht es mir.

»Das ist ja leer«, sage ich, aber mein Arzt winkt ab. Vor dem Rauchen soll ich es einfach über meine Zigarettenpackung streifen, dann würden mich die Warnhinweise nicht mehr so irritieren. Es funktioniert. Unglaublich, zu welchen Wundertaten die moderne Medizin fähig ist.

Bevor ich gehe, bittet mich der Arzt noch um eine kleine Gefälligkeit.

»Ich kann wieder gehen!«, rufe ich wie verabredet zum Abschied ins Wartezimmer und werfe demonstrativ die Krücken fort, die er mir mitgegeben hatte.

EINMAL UM DEN KREUZBERG UND ZURÜCK, BITTE

von Sarah Schmidt

Ich saß im Flur der Praxis meines Hausarztes am Mehringdamm und wartete. Es war schon der zweite Arzttermin an diesem Tag, und daran kann jeder sehen: Ich war krank. Jetzt war ich zwar schon fast wieder gesund, aber wenn man schon mal einen Termin ergattert hat, dann nimmt man ihn auch wahr.

Der erste Arzt wollte ein Ultraschallgemälde meiner inneren Organe anfertigen, die mein Hausarzt dann interpretieren sollte. Die fremde Sprechstundenhilfe brachte mich in eine enge Wartekabine und sagte: »Machen Sie sich schon mal obenrum frei, der Doktor holt Sie dann!«

Nein, das würde ich nicht tun! Wenn ich einem fremden Menschen zum ersten Mal die Hand schüttele, möchte ich dabei auf keinen Fall »obenrum« unbekleidet sein. Noch schlimmer sind ja gewisse Gynäkologen, bei denen man sich »untenrum« frei machen soll, um dann mit nacktem Hintern auf einer kalten Plastikbank auf den Herrn Doktor zu warten, während man durch dünne Trennwände das Leid einer wahrscheinlich ebenfalls »untenrum« freien Frau hört. Ein Arzt, bei dem man sich nicht im Sprechzimmer ausziehen kann, ist meiner Meinung nach ein Scharlatan.

Herr Ultraschall war nett, sah sich alles, was ich »innenrum« habe, genau an und zeigte sich damit zufrieden.

Auf den Flur zurückgekehrt, wartete ich auf meine Bilder, zusammen mit meinem Fahrer, den ich brauchte, denn ich war sogar zum Autofahren zu krank.

Herr Doktor kam, drückte mir die Fotos in die Hand und sagte zu meinem Chauffeur:

»Sind Sie Architekt oder Schauspieler?«

Etwas verwirrt ob dieser direkten Art antwortete der: » Eher Musiker.«

»Muss ich Sie kennen?«

»Nö!«

»Na, dann noch einen schönen Tag«, sagte der Arzt freundlich. Find ich gut, wenn Gespräche in kurzer Zeit so auf den Punkt gebracht werden.

Wir fuhren zum zweiten Termin, und da saß ich nun, im Flur, vor dem Labor, in dem mir in nächster Zeit mehrere große Ampullen Blut entnommen werden sollten. Die offizielle Besuchszeit war bereits beendet und die Tür geschlossen, als es laut und lange klingelte.

Der Arzthelfer (daran kann man schon erkennen, dass mein Arzt undogmatisch ist, denn er unterhält einen hübschen Mann zu seiner Hilfe) machte auf, und herein kamen zwei vom Leben nicht verwöhnte Underdogs, die in weiße, zerknitterte Kittel gekleidet und mit einem Krankenstuhl bewaffnet waren.

Diese Stühle aus Metall, mit grauem oder grünem Plastik bezogen, einer hohen Lehne und wie eine Sänfte mit Tragestangen ausgerüstet, sind eigentlich seit dreißig Jahren ausgestorben. Man kann damit gemütlich Treppen hoch- und runtergetragen werden, und genau das ist die einzige Aufgabe der beiden Gestalten: von morgens bis abends alte, kranke Menschen durch die Gegend zu tragen.

Die Stühle erinnern mich immer an diese altmodischen Rollstühle von früher: unbeweglich, sperrig und mit riesengroßen Rädern, so wie die arme, aber sehr reiche Klara aus der Serie *Heidi* einen hatte. Für die Alpen völlig ungeeignet und auch für die Stadt nicht gerade von Vorteil. In Krankenhäusern gibt es die manchmal noch.

Zeitgleich mit den Krankenstühlen sind übrigens auch einarmige oder -beinige, ältere Männer aus der Öffentlichkeit verschwunden. Früher standen die doch an jeder Ecke, meist einen schwarzen Lederhandschuh über den Handstumpf gezogen, und manchmal auch welche mit so einer furchterregenden Eisenhand, die elektrisch funktionierte.

Ich habe mir als Kind im Bus, wenn ich gesehen habe, wie so ein Mann einen Fahrschein mit seiner Gruselhand bezahlte, immer vorgestellt, wie es sein müsste, so einen als Vater zu haben. Diese Prothesen machten ziemlich laute Geräusche, und es wäre sicher lustig, wenn man am Mittagstisch säße, alles schlürfte still seine Suppe, und dann seinen Vater um Salz bäte. Wie die Hand dann lossurren würde ...

Diese Männer sind alle verschwunden. Haben sich wahrscheinlich die ganzen unmodernen Rollstühle geschnappt und sind mit ihnen gemeinsam in eine bessere Zukunft gerollt.

Die beiden Krankentransporter sahen unheimlich aus. Rau, starke Oberarme und unrasiert. Seit Tagen. Seit Monaten fehlt auch der Friseur. Wäre ich alt und paranoid, niemals würde ich mich von denen transportieren lassen. Wahrscheinlich »untenrum« schon mal freigemacht, damit Herr Doktor nicht so viel Zeit bei der Visite verliert.

»Wir soll'n hier abholen.«

»Nee, wir haben nix bestellt«, antwortete der hübsche Assistent.

»Ist hier Praxis Mehringdamm?«

»Ja.«

»Dann soll'n wir hier abholen.«

»Auf welchen Namen denn?«

»Keene Ahnung.«

»Nein, wir haben Sie nicht bestellt.«

»Und wat soll'n wir dann hier?«

Die beiden waren augenscheinlich überfordert und frustriert. Ich schaltete mich ein: »Dann haben Sie doch jetzt frei, ist doch auch schön.«

»Jar nich, keen Transport, keene Kohle, so is det in unserm Jewerbe, Froillein.«

»Na, vielleicht könnte ich ja, ich muss hier sowieso noch 'ne Viertelstunde warten, können Sie mich doch ein bisschen rumfahren und dann wieder hier abliefern.«

Die beiden guckten mich an. Wahrscheinlich war ich mindestens vierzig Jahre jünger als ihre üblichen Transporte.

»Sie müssen aber unterschreiben, sonst jibt's keene Kohle, so is dette.«

»Kein Problem.«

Wer, wie ich, Schmidt heißt, kann fast überall völlig sorglos unterschreiben.

Die Sache war abgemacht. Ich setzte mich auf den Krankenstuhl und alterte sofort um mehrere Jahrzehnte. »Sie müssen jesichert werden, sonst dürfen wir nich hochheben.«

»Gerne«, sagte ich und ließ mir einen Bauchgurt anlegen. Die beiden hoben mich an und trugen mich aus der Praxis raus, hinein in ihr Fahrzeug. Dort wurde der Stuhl auf in den Boden verankerte Schienen gestellt und fixiert.

»Wo müssen Sie denn hin?«

Ich wählte eine Route einmal rund um den Kreuzberg und zurück zum Doktor. Schweigsam und schnell fuhren sie los.

»Haben Sie vielleicht 'ne Zigarette?«, versuchte ich, das Gespräch in Gang zu bringen.

»Klar, is aber 'ne Aktive«, sagte der mit den haarigen Unterarmen und bot mir eine Roth-Händle an. Boah, die gibt es noch?

Ich hab seit Ewigkeiten niemanden mehr diese furchtbare Sorte rauchen sehen.

»Haben Sie auch Feuer für mich?«

»Aber roochen könn' Se alleene?«

Mein Gott, wie lange hatte ich diesen Satz nicht mehr gehört!

Hier war es also, mein altes Westberlin, in dem so was laufend gesagt wurde. »Aber roochen kannste alleine?«, oder auch: »Biste in der S-Bahn geboren?«, wenn jemand eine Tür offen gelassen hatte. Gesprochen von Menschen, die niemals die Mengenlehreuhr am Ku'damm verstanden haben. Schon aus Prinzip nicht.

Hier versteckte es sich, in einem abgewrackten Krankenstuhltransporter in Kreuzberg. Ich verstand auf einmal.

»Sagen Sie mal, fahren Sie eigentlich oft alte, einarmige Männer rum?«

»Haufenweise, ooch viele ohne Beene oder mit nur ee'm Ooge. Manche ham ooch so 'ne Metallplatte inne Stirn. Woll'n alle in altmodischen Rollstühlen an den Stadtrand jekarrt werd'n.«

»Und dann?«

»Keene Ahnung, rollen einfach los, aber nich' ohne zu unterschreiben, sonst jibt's keene Kohle, so ist det Jewerbe.«

Ich hatte also recht, irgendwo da draußen gibt es einen Ort, voll mit männlichen Kriegsinvaliden, für die kein Platz mehr ist im neuen, schönen Berlin.

Wir waren wieder bei meinem Arzt angekommen, ich unterschrieb einen dreckigen Zettel und ließ mich noch die Treppen hochtragen.

»Hier, uns're Nummer, falls Sie ooch mal so weit sind.«

»Vielen Dank und Tschüssikowski.«

Die beiden verschwanden im Straßenverkehr.

NARKOSESCHWESTER

von Enno Park

Als ich eines Morgens aus unruhigen Träumen erwachte, fand ich mich vor dem Badezimmerspiegel zu einem ungeheueren Ungeziefer verwandelt. Der Hals war geschwollen, schlucken tat weh, und meine Zunge war lila bis schwarz mit gelben Sprengseln. Ich sah mich schon, den sicheren Tod vor Augen, seltene Infektionskrankheiten googeln, doch mein Hausarzt musste nur kurz hinsehen: akute Mandelentzündung. Also raus mit den Dingern.

Schon einen Tag später fand ich mich mit einem OP-Hemdchen bekleidet im Bettenhaus des Leipziger Universitätsklinikums wieder. Ich wurde von Arzt zu Arzt gereicht, und allen genügte dieser kurze Blick: Alles klar. Einzig die Narkoseschwester musste sich mehr Zeit für mich nehmen. Sie gehörte zu der Sorte pummeliger Schönheit, die jeden Krankenhauskittel zum Dessous werden lässt.

Sofort als sie mein Zimmer betrat und sich vorstellte, freute ich mich auf den Gedanken, von ihr mit sanften Streicheleinheiten beruhigt zu werden, während die Narkose langsam anfinge zu wirken und das freundliche wie hübsche Gesicht vor meinen Augen verschwömme. Ein schöner Tod eigentlich, falls die Narkose missraten sollte.

Die Schwester holte mich jäh auf den Boden der Tatsachen zurück, indem sie mir erklärte, dass ich lediglich unter örtlicher Betäubung operiert werden solle.

Ich so: »Betäubung? Ich dachte, man macht das nur noch unter Vollnarkose?«

Sie so: »Wessi, wa? Die sagen das immer. Wir machen das hier aber so.«

Ich so: »Ich habe aber gehört, Mandel-OP soll ziemlich fies sein.«

Sie so: »Sind Sie ein Mann, oder was? Das werden Sie schon überleben.«

Ich verzichtete darauf, eine Diskussion über Sexismus und Rollenzuschreibungen zu beginnen. Stattdessen ich so: »Gut, machen wir das. Wird vielleicht ganz spannend. Haben Sie Lust, danach einen Kaffee mit mir zu trinken?«

Sie so: »Sie dürfen nach der OP nicht trinken, schon gar nicht Kaffee.«

Ich so: »Sie können den Kaffee trinken, ich schaue Ihnen dabei zu.«

Sie so: »Können Sie jetzt bitte hier unterschreiben?«

Im OP erwartete mich eine Art Zahnarztsessel und ein hagerer Mensch, der ständig hinter seinem Mundschutz vor sich hin murmelte. Die meiste Zeit verstand ich nicht, was er sagte. Die Narkotiseuse allerdings machte ihren Job hervorragend. Ich spürte tatsächlich nichts, als der Arzt anfing, die Teile seines eindrucksvollen Arsenals an gezackten Instrumenten der Reihe nach in meinem Mund zu versenken. Stattdessen hörte ich, was er tat. Es knirschte und knackte, es mahlte und krachte. Ich versank immer tiefer im Stuhl, der Chirurg folgte mir mit emporgestrecktem Ellenbogen nach. Schließlich nahm er eine Stahlschlaufe und zog zu. Mit dem Geräusch, als hätte ich einen Knorpel durchgebissen, ploppte das rundliche, rote, blutige Etwas hervor, sprang auf den Rand der Nierenschale, kämpfte kurz um sein Gleichgewicht, fiel vornüber und landete in meinem Schoß. Von dort kullerte es weiter auf den Boden und verschwand unter einem Schrank. Zuerst sah es so aus, als ob dem Organ die Flucht gelänge, aber sofort nahmen der Arzt und eine OP-Schwester die Verfolgung auf. Ihre Arme verschwanden bis zur Schulter unter dem Schrank, und sie reckten mir ihre Hinterteile entgegen.

Ich war natürlich ganz für die Mandel. Vielleicht könnte ihr die Flucht aus dem Krankenhaus gelingen. Irgendwo da draußen in der Welt könnte sie sich ein neues Leben aufbauen, noch einmal ganz von vorne beginnen. In Australien Schafe züchten oder in einer Strandbar auf den Bahamas Cocktails mixen. All die Träume zerstoben zu einem Nichts, als die Schwester »Hab sie!« rief, aufstand und die Mandel triumphierend in die Höhe hielt.

Ich, der ich bemüht wegsehen muss, sobald man mir eine Spritze gibt, habe mit dem Anblick eigener Organe keine Probleme. Vielleicht liegt das an meiner Liebe zu Filmen wie *Braindead* und *Tanz der Teufel*. Jedenfalls musste ich lachen. Sehr sogar. So sehr, dass der Arzt spontan Sommersprossen bekam, weil mein hinausgelachtes Blut seinen Kittel und Mundschutz besprenkelte. Sofort wurde der Arzt böse: »Hören Sie um Himmels willen auf zu lachen! Das ist nicht gut für Ihre Wunde!«

»Gnarf!«, antwortete ich.

»Und sprechen auch nicht!« Der Arzt schaute mich finster an. Die Narkoseschwester gluckste mit zuckenden Schultern vor sich hin.

Die zweite Mandel saß noch in meinem Rachen und musste raus. Wir aber konnten nicht weitermachen. Versuchen Sie mal, den Mund aufzusperren, während Sie grinsen müssen. Ich tat mein Bestes, das Lachen zu unterdrücken, aber es gelang mir kaum. Dass die Narkoseschwester ihr Kichern nur mit Mühe beherrschen konnte, machte es nicht leichter. Wir brauchten mehrere Anläufe, bis wir die Operation fortsetzen konnten, aber schließlich war auch die zweite Mandel in Sicherheit, und ich konnte zurück auf mein Zimmer.

Auf dem Weg hinaus lachte mich die Narkoseschwester mit ihren Augen an. Ich machte eine Geste, als führe ich eine Tasse zum Mund, und malte ein Fragezeichen in die Luft.

»Hat sich ja gelohnt, die örtliche Betäubung«, sagte sie zwinkernd.

»Gnarf!«, antwortete ich.

»Seien Sie bitte still!«, rief der Arzt. Dann bekam ich erst mal ein Schlafmittel.

Ich war dann übrigens wirklich noch mit ihr Kaffee trinken. Mehr ist aber nicht draus geworden, und ich weiß gar nicht mehr, wie sie hieß. Heute würde ich darauf bestehen, mir die Mandeln einpacken zu lassen. Für den Hund, würde ich sagen. Damals hatte ich aber keinen Bedarf für extrahierte Mandeln. Weder wäre ich auf die Idee gekommen, daraus Seife zu kochen, noch sie zu benutzen, um in Petrischalen irgendwelches Zeugs zu züchten. Aber vielleicht hat jemand anderes meine Mandeln erhalten und etwas Sinnvolles damit gemacht.

PROTOKOLL EINES AUFSCHNITTS

von Andreas Kampa

Tag x-1

Ich bestelle mir einen Weckruf bei der Telekom, um pünktlich zu meiner Arm-Operation zu erscheinen. Da es schon nach Mitternacht ist, muss ich mich mit der Dame am Telefon erst mal einigen, ob »morgen um sechs« nicht eigentlich »heute um sechs« heißen soll.

»Ach so, ja. Heute.«

»Also Freitag? Oder doch Sonnabend?«

»Nein, Freitag.«

»18 Uhr?«

»Nein, um sechs.«

»Also morgen um sechs?«

»Nein. Heute.«

»Ja. Heute Morgen um sechs.«

»Genau.«

Ich habe es mit Profis zu tun.

Tag x

Ich wache mit schlechtem Gefühl auf. Gerade hat die Kirchen-glocke sieben Mal geschlagen. Weil mein Uhrablesearm in Gips ist, muss ich erst eine Uhr suchen, um dann festzustellen, dass ich gerade meinen OP-Termin verpasst habe. Warum hat die Telekom nicht angerufen? Ich hetze los und treffe eine Dreiviertelstunde zu spät auf der Station ein. Niemand macht mir Vorwürfe, aber die Gespräche bleiben knapp. Ausziehen, anziehen, hinlegen, unterschreiben, los geht's.

Aus irgendeinem dummen Grund hatte ich mich beim Vorgespräch für lokale Anästhesie entschieden. Vielleicht deshalb, weil es so geklungen hatte, als wäre es letztlich egal. Die Anästhesistin hatte mich trocken vor die Alternative gestellt: Vollnarkose oder Teilnarkose – entscheiden Sie jetzt! Ich hatte mich natürlich für das Falsche entschieden. Ich dachte, wenn ich bei Bewusstsein bin, kann ich vielleicht helfen. Mit der rechten Hand einen Schlauch halten oder Ratschläge geben. Jetzt stellt sich heraus, dass die lokale Betäubung eine aufwendige Prozedur ist. Im OP-Saal ist meine Hilfe auch nicht gefragt. Man legt mir eine Decke über den Kopf, damit ich nichts sehen kann. Als es losgeht, erkundige ich mich beiläufig, ob es normal ist, wenn man den Schnitt spürt. Das ist nicht normal, und ich bekomme doch noch eine Vollnarkose.

Tag x+1

Ich habe wenig geschlafen. Immerhin schnarcht mein Zimmergenosse nicht. Er hat sich beide Beine gebrochen und darf das Bett nicht verlassen. Bei jedem Schichtwechsel werden wir gefragt, ob wir Stuhlgang hatten. Wir hatten beide keinen. Ich nicht, weil ich nicht musste, mein Bettnachbar nicht, weil er sich weigert, in eine unpersönliche Blechschale zu scheißen.

Am Vormittag öffnet mir eine Schwester den Gips. Es stellt sich heraus, dass der Blutschlauch, der aus meinem Gips herausguckt, direkt in meinen Arm führt und jetzt gezogen werden soll. Das bedeutet auch, dass ich ab sofort das Bett verlassen und auf Klo gehen kann, anstatt in die Ente zu pieseln. Die Freude darüber erlischt schlagartig, als der Schlauch tatsächlich gezogen wird. Ich schaue entsetzt zu meinem Bettnachbarn. Der lacht, weil er das schon von der Operation seines linken Beines kennt. In zwei Tagen, wenn nach der Operation seines rechten Beins ihm der Schlauch gezogen wird, werde ich lachen. Wir haben eine Menge Spaß hier.

Am Abend sehen wir Fußball im Fernsehen. Bei jedem Tritt in die Beine eines Gegenspielers stöhnt mein Nachbar auf. Da sich aber niemand den Arm verletzt, bin ich relativ entspannt. Danach sehen wir *Spiel mir das Lied vom Tod*. Das muntert uns etwas auf.

Tag x+2
Unser Zimmer liegt auf der Sonnenseite, weshalb ich extrem schwitze. Ich beschließe, mich zu duschen, obwohl ich keine Handtücher dabei habe. Niemand hat mir gesagt, dass ich welche mitbringen soll, und gegeben hat man mir auch keine. Vermutlich weil ich zu spät gekommen bin und die ausführliche Einweisung verpasst habe. Ich gehe trotzdem duschen und trockne mich mit Klopapier ab. Das dauert etwas, aber ich habe ja Zeit.

Am Abend darf ich der Spätschicht stolz meinen ersten Stuhlgang melden. Mein Nachbar verweigert seinen Stuhlgang weiterhin. In der Nacht stellt sich heraus, dass er doch schnarcht.

Tag x+3
Das rechte Bein meines Nachbarn wird operiert, und ich habe für Stunden das Zimmer allein. Die meiste Zeit lese ich ein Buch: »American Psycho«. Wenn man selber gerade aufgeschlitzt wurde, liest man es mit anderen Augen. Irgendwann schneit ein kleiner, gedrungener Mann ins Zimmer und stellt sich mir als der Chirurg vor, der mich operiert hat. Jetzt, wo alles gut verlaufen ist, hat er die Chuzpe, sein Gesicht zu zeigen. Vor

ein paar Tagen hatte man noch mein Gesicht verdeckt, damit ich später niemanden identifizieren kann.

Als am Abend mein Nachbar wieder hereingefahren wird, verlangt er sofort eine Kotztüte, was mich dazu veranlasst, schnell das Zimmer zu verlassen. Die Nacht über kann er nicht so gut schlafen, was mir eine ruhige Nacht ohne Schnarchgeräusche beschert. Wir sind jetzt ein eingespieltes Team. Einer von uns kann immer schlafen. Einer von uns hat auch immer Stuhlgang: ich. Mein Nachbar weigert sich weiterhin und gießt seine Blumen seit Tagen mit Abführmittel. Die blühen seitdem richtig auf.

Tag x+4

Am Morgen wird meinem Nachbarn der Schlauch gezogen. Er fragt das junge Mädchen, das diese Aufgabe übernommen hat, in welchem Lehrjahr sie sei. Sie sagt, in keinem. »Was? Du bist Praktikantin?«

»Na und?«, sagt das Mädchen. »Ich mach das nicht zum ersten Mal.«

Mein Nachbar ist entsetzt. Ich muss lachen. Meinen Schlauch hat wenigstens eine ausgebildete Krankenschwester gezogen. Dabei bin ich gar nicht privat versichert. Wir haben schon eine Menge Spaß hier.

Im Laufe des Nachmittags bereitet sich mein Nachbar auf seinen ersten Stuhlgang vor. Die Blicke der Schwestern sind in den letzten Tagen immer böser geworden. Sein tagelanger Stuhlstreik hat schließlich einen Kompromiss erwirkt. Er wird mit einem Rollstuhl aufs Klo gefahren. Um die Sache zu forcieren, hat er sich gestern von seinem Vater ein Eisbein mitbringen lassen. Nun ist es so weit. Als er vom Klo wiederkommt, wirkt er irgendwie glücklich. Ich erkundige mich nach Einzelheiten. Es ist nicht viel gewesen, sagt er, aber es war ein Anfang.

Tag x+5

Ich werde entlassen. Meinen Bauch zieren viele blaue Flecken von den Thrombosespritzen, die ich jeden Tag bekommen habe. Ich weiß nicht, wie es weitergeht. Werde ich weiter Spritzen bekommen, oder war es das jetzt? Niemand sagt einem hier was. Schön, dass man mir wenigstens mitgeteilt hat, dass ich heute Morgen entlassen werde. Doch mein Abschied verzögert sich, weil wohl irgendwelche Papiere noch fehlen.

»Oder meinten Sie 18 Uhr?«

»Nein. Um sechs.«

EINE FAMILIEN-GESCHICHTE

von Heiko Werning

»Jetzt stell dich doch nicht wegen einem Mückenstich so an!«, maulte mein Mitbewohner Bernhard. Aber ich weiß nicht. Der Stich, den ich aus Mexiko mitgebracht hatte, war irgendwie anders. Die Schwellung am Handgelenk ließ einfach nicht nach. Und als ich eines Morgens beim Wachwerden daraufguckte, glaubte ich, noch zu träumen: Da ragte doch etwas aus der Haut? Ich rieb meine Augen, sah noch einmal hin. Nichts. Nur der Mückenstich. Ich redete mir den ganzen Tag ein, dass ich mir nichts einreden solle. Abends in der Kneipe – der Alkohol begann bereits, meine Wahrnehmung zu trüben – hatte ich mich von dem Gedanken fast befreit, da ragte ein kleines, weißes Etwas aus dem Mückenstich. Ich starrte es an. Es starrte zurück. Ich rieb meine Augen. Es war immer noch da. Ich sah genauer hin und erkannte eine Wölbung unter der Haut; darunter schimmerte etwas Helles, Wurmartiges durch. Verdammt, du wolltest doch auch kein Schultheiß mehr trinken, dachte ich zuerst, zwinkerte heftig, sah erneut hin, na also, da war nur der Mückenstich, war halt 'ne mexikanische Megamücke, plötzlich tauchte das weiße Rüsselchen wieder auf und winkte mir freundlich zu. Als ich die Hand vorsichtig näher zu meinen Augen führte, waberte das ganze Ding, jetzt war es klar zu sehen, und schwupps – weg war es. Abgetaucht in die Tiefen ... Ja, wohin denn? Abgetaucht in die Tiefen meiner ... meiner ... meines Körpers! Ich erwog kurz, einfach in Ohnmacht zu fallen. Ich war aber zu entsetzt dafür.

»Was nich'n Ordnung?«, lallte Bernhard.

»Da ist ... da ist etwas in mir!«, stotterte ich.

»Jaja, das kenn ich«, erwiderte er gähnend. »Weißte, so ist das nun mal: Irgendetwas ist da in uns drin, und man kann es einfach nicht so recht greifen ...«

»Genau!«, pflichtete ich ihm bei. Er wusste, was los war. Ich war erleichtert. Endlich war es mal zu was nutze, mit einem Medizinstudenten zusammenzuwohnen.

»... Ja, man kann es einfach nicht so recht greifen, aber man spürt: Hey, da ist irgendwas Großes in dir ...«

»Was Großes?«, ich blickte ihn entsetzt an.

»Ja, weißte, du spürst einfach, da schlummert was wirklich Großes in dir ...«

»Bernhard, mach kein' Scheiß!«, ich starrte auf den Stich.

»Es schlummert da, und du weißt, es könnte jeden Moment aus dir rausbrechen ...«

»Bernhard!«

»... Du wartest nur darauf, du weißt, du hast das Zeug für'n ganz großes Ding ..., aber dann gehste doch wieder morgens zur Frühschicht und musst dich mit diesen bepissten Krankenschwestern rumärgern, und der Chefarzt macht dich wieder rund bei der Visite ...«

»Bernhard? Hey, Alter, was redeste denn da? Ich meine, hier, in diesem Stich da ist irgendwas drin. Oh Gott, ich hab ein Alien!«

Das kleine Rohr ragte wieder heraus und nickte bestätigend. Ich spürte, dass die Ohnmacht nicht mehr fern war. Bernhard ruckte mühsam seinen Kopf hoch, versuchte, den Blick auf meinem Handgelenk zu fixieren, dann nuschelte er: »Ach so, sag das doch. Was machste denn so'n Theater. Das ist doch nur 'ne Dasselfliegenmade.«

Mir schnürte sich die Kehle zu: »'ne Made? In mir ist 'ne Made? Da wäre mir ja ein Alien noch lieber! Bernhard, mach keinen Scheiß, 'ne Made?«

Ich starrte auf meine Hand, das kleine Rüsselchen glotzte zurück, jetzt war es nicht mehr zu leugnen: Unter meiner Haut saß eine Made, die offenbar mal gucken wollte, was draußen so los ist. Als ich mein Gesicht näher zu meinem neuen Mitbewohner schob, zog der hastig sein Rohr ein, waberte einmal hektisch in seiner Hautblase hin und her, dann verschwand er blitzschnell nach unten, nach ... in mein Fleisch!

»Oh, jetzt hast du sie erschreckt«, sagte Bernhard mitleidig.

Ich habe die Made erschreckt?

»Bernhard, was macht die da?«, brüllte ich ihn an.

»Na, was schon?«, murmelte mein Freund gelangweilt. »Sie kraucht da rum, frisst sich dick an deinem Fleisch, lebt sozusagen wie die Made im Speck, höhöhöhö, und irgendwann wird sie zur Fliege, bricht sich dann da raus und schwirrt ab ... Heiko? Ey, Alter?«

Die letzten Worte hörte ich nur noch als sphärische Klänge.

Als ich wieder zu mir kam, brauchte ich eine Weile, um die Situation einordnen zu können. Ich saß, na ja, ich hing sehr unbequem auf einem Kneipenstuhl. Um den Tisch herum standen jede Menge Leute. Wahrscheinlich waren sie sehr besorgt um mich. Bernhard zuvorderst, wild gestikulierend. Ich war gerührt. »Alles nicht so schlimm«, wollte ich beruhigend einwerfen. Die Leute riefen irgendwas. Wortfetzen drangen allmählich zu mir durch. Ein Gejohle. »Die Runde geht an Kalle!«, hörte ich Bernhard rufen. »Genau eine Minute dreißig. Wer setzt 'nen Fünfer, wann sie wieder rausguckt?«

»Ich sach ma: drei Minuten!«, grölte es vom Tresen. Keine Frage: Sie wetteten auf meinen Alien.

»Ihr skrupellosen Bastarde«, fuhr ich auf, die Leute stoben auf ihre Plätze, die Made flüchtete verängstigt in mein Inneres, ich packte Bernhard und schleifte ihn nach draußen. »Was soll der Scheiß? Sag mir lieber, was ich machen soll!«

»Wieso machen? Die Made macht doch alles von allein. Keine Sorge, in vier Wochen oder so bist du sie von ganz alleine los.«

»Das meinst du doch nicht im Ernst, oder? Ich soll doch wohl nicht vier Wochen lang tatenlos zusehen, wie dieses Vieh mich von innen auffrisst. Wer weiß, wo das hinkriecht. Heute mein Handgelenk, morgen der Ellbogen, und übermorgen die ganze ... das Hirn!«

»Genau«, nuschelte Bernhard, »oder die Eier.«

»Bernhard!«

»Ey, Alter, ehe du wieder ohnmächtig wirst: Geh morgen einfach in 'ne Fleischerei ...«

»Bernhard! Hör auf mit deinen blöden Witzen! Ich werde mir nicht die Hand abhacken lassen!«

»Bleib doch mal cool. Ich mein das ernst: Geh morgen einfach in die Fleischerei, kauf ein ordentliches Stück Speck, binde das fest über den Stich und warte ein paar Stunden. Dann krabbelt das Biest da ganz von alleine rein, und du bist es los.«

Ich starrte ihn misstrauisch an. Aber er schien es ernst zu meinen. Das Rüsselchen lugte raus, und wenn ich mich nicht sehr täuschte, schien sich die Made ein bisschen vor Appetit die Lippen zu lecken. Na gut, dann sollte sie eben ihren Speck bekommen.

Im Fleischereifachgeschäft:

»Bitte eine dicke Scheibe Speck«

»Gern. Sonst noch was?«

»Äh, ja. Können Sie mir die bitte direkt umbinden?«

Ich streckte der Verkäuferin meine Hand entgegen. Die Verkäuferin sah mich fassungslos an, ging langsam rückwärts und drückte sich dann blitzschnell durch den Hinterausgang. Kopfschüttelnd knotete ich die Scheibe selbst um mein Gelenk.

»Ist ja wieder ein toller Service in diesem Fachgeschäft!«, rief ich in Richtung Hinterzimmer. »So wird das nie was mit dem Aufschwung!« Verärgert ging ich aus dem Laden. Immerhin schien sie nicht kassieren zu wollen. Da hat die Krankenkasse ja wieder ordentlich was gespart.

In der U-Bahn:

Man sagt doch immer, Großstädter seien so cool und ließen sich durch nichts aus der Ruhe bringen. Alles Quatsch! Blöde Gaffer! »Habt ihr noch nie 'ne Scheibe Speck gesehen?«, fuhr ich sie an. Aber endlich mal hüpften die Omas mit ihren waffenartigen Krückstöcken vor mir vom Sitz auf, nicht umgekehrt.

Auf der Seestraße:

Na also, wenigstens auf den Wedding ist Verlass. Hier stört es niemanden, ob man sich eine Scheibe Speck um den Arm bindet oder nicht. Wahrscheinlich setze ich sogar einen Modetrend, und ab morgen laufen alle so rum. Och, das ist ja 'n niedlicher Hund. Und da, noch einer. Und der da ... Verdammt, wo kommen die alle ... Hallo?? Wem gehören ... Hallo??? Verdammt!

Zu Hause:

»Und du meinst, das funktioniert wirklich?«, fragte ich Bernhard misstrauisch.

»Jaja«, grummelte er. Ich riss das Speckstück hoch, er schoss mit der Pinzette blitzschnell darunter ... »Verdammt!« Die Made war schneller. Offenbar gefiel es ihr in meinem Speck besser als in dem vom Schwein. Ich war mir nicht ganz schlüssig, ob ich mich geschmeichelt fühlen sollte.

Nach drei Tagen wurde es mir zu blöd, mit dem Speckverband durch die Gegend zu laufen. Inzwischen hatte ich mich an meinen Untermieter auch einigermaßen gewöhnt. Fast hatte es etwas Herzerwärmendes, wie es mir morgens beim Aufwachen fröhlich zurüsselte. Es dauerte nicht allzu lange, bis ich mich dabei ertappte, wie ich der Made abends »Gute Nacht!« zuhauchte. Bildete ich mir das nur ein, oder winkte der Rüssel gerührt zurück? Manchmal, wenn ich allein war, legte ich ein bisschen Schinken oder Salami auf den Stich. »Kleine Extraportion«, sagte ich dann gönnerhaft. Mein kleiner Freund wuchs erstaunlich. Wenn er sich jetzt mal ganz bis zur Oberfläche hochtraute, bildete er schon eine richtig ordentliche Blase. Fast zärtlich strich ich dann darüber. Keine Frage: Ich war schwanger.

Drei Wochen später war es dann so weit. Eine gute Mutter spürt das sofort. Die Wehen setzten mit ungewöhnlichen Schmerzen ein. Schwester Bernhard hatte schon im Vorfeld einen kleinen Kreißsaal in der Küche improvisiert und flüsterte mir beruhigend zu: »Das Atmen! Vergiss die Atemtechniken nicht!«

Es wurde eine rechte Kopfgeburt. Ich schrie noch einmal vor Schmerz, das Fruchtwasser – »Das ist nur Eiter«, besserwisserte Bernhard –, es floss in Strömen, Blutgerinnsel mischten sich dazu. »Ich sehe das Köpfchen!«, rief Bernhard aufgeregt – dann war es geschafft. Mit einem großen Schwall Blut, Eiter und Wundflüssigkeit ploppte das Kleine auf die Welt.

»Es ist eine Fliege!«, rief Bernhard aufgeregt, und tatsächlich: Da lag sie. Klein und verkrumpelt, die Flügel noch ganz zerknüllt, aber was für ein Wonneproppen! Und diese niedlichen Facettenäuglein! Als sie die Flügel entrollte, seufzte ich auf vor Glück. Was hatte ich da nur für ein prächtiges, gesundes Kerlchen zur Welt gebracht. Als es die ersten Flugversuche startete, stellte es sich allerdings noch etwas unbeholfen an. Es hob kurz ab, um dann unsanft mit dem Kopf auf die Tischplatte zu schlagen und benommen liegen zu bleiben. »Ganz der Vater …«, knurrte Bernhard.

Dann kam der große Moment. Meine Kleine hob ab, schwirrte ein paar Mal um die Glühlampe, dann entschwand sie durch das offene Fenster. Ich schluckte. Aber es hilft ja nichts: Irgendwann müssen die Kinder auf ihren eigenen sechs Beinen stehen. Eltern müssen da auch mal loslassen können. Sie wird da draußen durch die Welt fliegen, einen Partner finden, und eines Tages werde ich stolzer Opa von Dutzenden süßer kleiner Maden sein. Aber jetzt, wo das Kind aus dem Haus war, hinterließ es ja doch erst mal ein ziemliches Loch. Bernhard stopfte es mit etwas jodgetränktem Mull zu.

ANGELINA JOLIE HAT SICH DIE BRÜSTE AMPUTIEREN LASSEN

von Gerlis Zillgens

Es war ein trüber Maimorgen. Ich dachte an nichts Schlimmes. Gut, die Sonne ließ sich in diesem Frühjahr selten sehen. Aber ich bin ein positiver Mensch, die kommt schon noch, dachte ich, die kommt schon noch. Was kam, war etwas anderes. Die Tageszeitung. Genau genommen der Kölner Express. Ich las die Nachricht voller Unglauben. Ich versicherte mich, dass nicht der 1. April, sondern der 14. Mai war. Ich stand unter Schock. Angelina Jolie hatte sich die Brüste amputieren lassen. ANGELINA JOLIE! Als Erstes dachte ich an Brad Pitt. Brad Pitt hatte nun eine Frau ohne Brüste. Ob er sich das wohl hatte träumen lassen, als er Jennifer Aniston verließ?

Als Zweites fiel mir ein, dass mein Ex mir einmal im Rahmen eines Frage- und Antwortspiels, das wir gerne spielten, gestanden hatte: Wenn Angelina Jolie jetzt zur Tür reinkäme und sagte: »Entscheide dich, ob du mich heiraten und auf der Stelle mit mir ins Bett gehen willst«, mein Ex hätte gesagt: »Ja.«

»Wie jetzt?«, habe ich damals gefragt. »Du würdest ›Ja‹ sagen? Auch wenn ich dabei wäre?«

Mein Ex hat mit den Schultern gezuckt und gesagt: »Es gibt Chancen, die kriegt man nur einmal im Leben. Die kann man sich nicht einfach nur durch die Umstände vermasseln lassen.«

Die dritte Überlegung an diesem trüben Maimorgen war, ob ich meinen Ex anrufen und ihn bitten sollte, mal zum Kiosk zu gehen und den Express zu kaufen. *Ich* hätte meine Brüste noch. Ich entschied mich dagegen. Ich finde, man soll nicht nachtragend sein.

Nachdenklich las ich, dass Angelina Jolie ein bestimmtes Gen hat, das sie laut ihren Ärzten zu einer Brustkrebswahrscheinlichkeit von 87 Prozent verdonnert. 87 Prozent, das ist ordentlich. Selbst wenn man bedenkt, dass ungefähr 76 Prozent aller Brustkrebspatientinnen ihren Brustkrebs überleben, ist es natürlich besser, erst gar keinen Brustkrebs zu bekommen.

Im Internet fand ich ungefähr 2.460 Artikel über die Amputation, allesamt mit Fotos, die Angelina Jolie tief dekolletiert mit großen Brüsten zeigten. Man wollte das, was nicht mehr da war, offensichtlich tief in unser Gedächtnis graben. Auf ungefähr 1.690 der Fotos stand neben Angelina Jolie Brad Pitt. Meist auf irgendwelchen Teppichen in rot. Angelina sah gut aus. Brad noch besser.

Einen kurzen Moment überlegte ich, ob ich es bedauern sollte, dass Angelina sich die Brüste hatte amputieren lassen und damit ihre Chance auf längerfristiges Überleben erhöht hatte. Nun gut, meine Chancen, Brad Pitt zu kriegen, stünden eh schlecht, egal welche Entscheidungen Angelina Jolie traf. Ich befürchte, deutlich geringer als 87 Prozent, insofern beschloss ich, Angelina Jolie das längere Leben zu gönnen, auch wenn entscheidende Teile nicht mit ihr überlebten.

Unweigerlich begann ich, über meine eigene genetische Disposition nachzudenken. Väterlicherseits war mit frühen Herzproblemen zu rechnen, mein Vater war im vorzeitigen Alter von fünfundsechzig an einem Herzinfarkt gestorben. Aber mein Vater hatte geraucht, sich schlecht ernährt, war übergewichtig gewesen und hatte keinen Sport getrieben. Ich rauchte nicht, ernährte mich gesund, hatte kein Übergewicht und trieb Sport. Mein Arzt hatte mir neulich ein Risiko von lediglich 1,5 Prozent attestiert, in den nächsten zehn Jahren an einer Herzkrankheit zu verenden. Spontan schloss ich für mich eine Herzamputation aus.

Auf der mütterlichen Seite sah es entschieden ungünstiger aus. Alzheimer. Im Alter von sechzig. Schlecht. Allzu viele Jahre trennten mich von dieser Zahl nicht mehr. Und die Namen von Bekannten, die ich auf der Straße traf, fielen mir auch oft nicht ein. Ich war seit meinem dritten Lebensjahr in der Lage, mich in einer Zweizimmerwohnung zu verlaufen, ich machte mir seit Jahrzehnten Einkaufslisten, bevor ich in den Supermarkt ging, und bis Facebook diese Aufgabe freundlicherweise übernahm, wimmelte mein Schreibtisch von gelben Post-its, die mich an die Geburtstage meiner Freunde und Familienmitglieder erinnerten.

Noch mehr grübelnd starrte ich auf den Bildschirm und Angelina Jolies neu gewonnene Prozente beim Überleben. Alle Forschungsergebnisse hatten mir in den letzten Jahren immer und immer wieder bestätigt, gegen Alzheimer ist kein Kraut gewachsen. Zwar scheinen gute Ernährung, Sport und kein Übergewicht nicht zu schaden. Aber ob sie was nützen, ist auch unklar. Schon beim Rauchen ist man sich uneins. Es gibt Forschungsergebnisse, die darauf hindeuten, dass Rauchen in Bezug auf Alzheimer sogar nützlich sein könnte. Fazit nahezu aller Wissenschaftler: Wir wissen nicht wirklich, was gut ist gegen Alzheimer. Keine Kartoffeln, viele Kartoffeln, rauchen ja, rauchen nein, Sudokos lösen soll auch nicht wirklich helfen.

Nachdem ich noch eine weitere Stunde des trüben Maitags genauso trübe wie vergeblich im Netz nach positiven Prognosen in Bezug auf Alzheimer geforscht hatte, beschloss ich schweren Herzens, in Angelina Jolies Fußstapfen zu treten und mir mein Gehirn amputieren zu lassen.

Ich googelte »Gehirn amputieren« und stellte erstaunt fest, dass sich allein in Köln vier Chirurgen auf Gehirnamputationen wegen drohender Demenz spezialisiert hatten. Bei zweien von ihnen ergab ein Anruf in der Praxis, dass ich frühestens in einem halben Jahr einen Termin haben könne, es sei denn, ich wäre Privatpatientin, dann ginge es auch am Donnerstag oder Freitag dieser Woche.

In der dritten Praxis erreichte ich nur den Anrufbeantworter, der mir mitteilte, dass der zuständige Doktor zur Zeit in einem Forschungsprojekt zur Organneubildung aus Brokkolistammzellen forsche und erst wieder im kommenden Winter zu Konsultationen zur Verfügung stehe. Man verweis mich aber an seine Vertretung, deren Praxis in Düsseldorf lag.

Eine Gehirnamputation in Düsseldorf ... – Das konnte ich mir nur sehr schwer vorstellen.

Der vierte Versuch klang vielversprechend. Auch als Kassenpatientin bekam ich in dreieinhalb Wochen einen Termin. Die Sprechstundenhilfe am Telefon war freundlich und fragte mehrfach nach, ob ich den Termin auch in meinen Kalender eingetragen hätte.

Ich gestehe, ich verbrachte ein paar unruhige Tage und schlaflose Nächte, aber alles in allem war ich recht gefasst. Ich hatte nur meinen engsten Freunden mitgeteilt, dass ich vorhatte, mein Gehirn amputieren zu lassen, musste ja nicht jeder wissen. Meine Freunde nahmen die Mitteilung mit großer Anteilnahme und viel Verständnis zur Kenntnis und versicherten mir, sie würden mich auch mit Gehirnimplantaten gerne weiter zu Grillpartys einladen, wenn denn endlich mal der Sommer käme.

Das Wartezimmer in der Gehirnamputationspraxis war hell, freundlich, und es gab viele Schilder, die mit Großbuchstaben beschriftet waren. »DURCHGANG WARTEZIMMER«. »DURCHGANG WC«. »WAND – KEIN DURCHGANG«.

Ein wenig Sorge machte mir die Literaturauswahl. Bei meinem Zahnarzt lagen Focus, Spiegel oder Stern auf dem Tisch. Hier gab es Pippi Langstrumpf, Pu der Bär und ein Kreuzworträtselheft mit angebundenem Bleistift und Radiergummi. Auf Nachfrage teilte mir die Sprechstundenhilfe mit, man wolle die Patienten, die sich bereits im Amputationsprozess befänden, nicht unnötig durch Komplexität von Focus, Spiegel oder Stern beunruhigen. Augenzwinkernd griff sie hinter ihren Tresen und reichte mir eine Frau im Spiegel vom letzten Jahr. »Die halten wir für Erstberatungen immer bereit. Bitte seien Sie diskret damit.«

Der Arzt kam mir bekannt vor. Ich sagte ihm, dass ich glaubte, ihn zu kennen, mich aber nicht erinnern könne, woher. Mitfühlend nickte er: Ja, das kenne er, aber ich müsse mir keine Sorgen mehr machen. Nach dem Eingriff lägen meine Chancen, weitere Alzheimer-Symptome zu bekommen, nur noch bei 13 Prozent.

Die Untersuchungsprozedur war erstaunlich einfach. Ich musste in Dreierschritten von hundert auf null zählen, wobei ich mich zweimal vertat. Ich sei im Kopfrechnen schon in der Schule schlecht gewesen, erklärte ich. Mitfühlend nickte der Arzt: »Ja, bei vielen beginnt es früh.«

Nachdem er in meine Augen geleuchtet und einen kurzen Blick auf die Biografien meiner Familienmitglieder geworfen hatte, meinte er, dass ein guter Kollege und enger Freund von ihm auch ein Spezialist in Sachen Herzamputation sei und er mir gerne später eine Überweisung ausstellen könne. Er lächelte sanft. Dafür könne ich aber, im Gegensatz zu Angelina Jolie, recht zuversichtlich sein, mit meinen eigenen Brüsten ins Grab zu gehen.

Die Operationsprozedur, so erklärte mir der Gehirnexperte weiter, sei mittlerweile recht gut erprobt. Das Kleinhirn sei für den Alzheimer-Prozess kaum von Belang, könne also weitgehend erhalten bleiben. Was bedeute, dass ich aller Voraussicht nach weiter normal essen, trinken und Sex haben könne.

Das Großhirn müsse allerdings recht vollständig ausgeräumt werden. Ich müsse mir aber keine Sorgen machen, die Wissenschaft sei fortgeschritten und die Implantate mittlerweile von hoher kognitiver Qualität. Große Fortschritte seien auch in Bezug auf die Psyche zu vermelden. Postoperative Depressionen gehörten im Großen und Ganzen der Vergangenheit an.

Der Arzt lachte: »Sie können sich sozusagen nicht mehr hängen lassen. Eine gewisse Parallelität zum Endergebnis einer Brustamputation. Unsere neuesten Verfahren sind im Übrigen angenehm, haben kaum Nebenwirkungen und sind – abgesehen von den Gefahren, die jede OP mit sich bringt – sicher.«

Er schlug eine Broschüre auf und hielt sie mir entgegen. »Die Krankenkassen zahlen für Kassenpatienten natürlich nur die Grundausstattung, die einen IQ von 95 und eine normierte Kopfform mit Hutgröße 55 für Frauen und 57 für Männer vorsieht.«

Er blätterte um und zeigte mir Abbildungen von Kassenpatienten, die die Grundausstattung bekommen hatten. Ein gemeinsamer trüber Blick mit müden Augenlidern fiel mir auf. Auf Nachfrage erklärte mir der Arzt, schon für einen geringen privaten Zuschlag im niedrigen vierstelligen Eurobereich könne ich in den Genuss einer hochwertigeren Implantat-Ausstattung aus besonders edel gezüchteten Schweinestammzellen kommen. Er blätterte erneut und deutete auf ein Foto von Dieter Bohlen.

»Dieter Bohlen?«, fragte ich entgeistert.

»Ja.« Der Arzt senkte dezent seine Stimme. »Sicher, der hätte sich etwas Besseres leisten können, aber Sie haben bestimmt davon gehört, dass er ein wenig – wie soll ich sagen – geizig ist.«

Er blätterte weiter. »Hier kommen wir in den etwas hochpreisigeren Bereich. Eine Zuzahlung von zehntausend Euro würde es Ihnen erlauben, die Tagesschau zu verfolgen, und ein weiterer kleiner Zuschlag von tausend Euro, auch den sonntäglichen *Tatort* verstehen zu können.« Wieder lachte er: »Aber ob Ihnen der *Tatort* so viel wert ist, das müssen Sie natürlich selbst entscheiden. Ich habe mich seinerzeit dagegen entschieden.«

Mir stockte der Atem. »Sie haben auch ...«

Er nickte freundlich: »Ja, ich habe mein Gehirn schon mit dem ersten prominenten Schwung amputieren lassen.«

Er griff nach einem anderen Buch und schlug es mit einem Seufzer auf: »Bei mir ist alles gut gegangen. Bei meinem Freund allerdings ...«, er seufzte wieder, ... »irgendwie hat er sich seitdem ... doch ein wenig ... verändert.« Eine kleine Träne erschien im rechten Augenwinkel des Arztes und tropfte sanft auf das Bild von Lothar Matthäus.

»Ich möchte doch noch ein wenig überlegen, bevor ich mich entschließe«, sagte ich zögernd.

»Ja, tun Sie das«, sagte der Arzt und reichte mir die Hand zum Abschied. »Aber überlegen Sie nicht zu lange, der Trend kommt ins Rollen, Echthirn ist out. Ich wette, es wird bald Implantat-Engpässe geben.«

Ich habe eine Weile überlegt. Ich habe mich entschlossen. Morgen werde ich mein Gehirn amputieren lassen.

WENN DIE ZAHNÄRZTIN NICHT MEHR LÄCHELT

von Thilo Bock

Nach meinem letzten Zahnarztbesuch beschloss ich, nie wieder dorthin zu gehen. Wegen einer blöden Füllung musste ich an drei Tagen hintereinander antanzen. Außerdem missfiel mir der in der Praxis herrschende Kasernenhofton zunehmend. Anfangs fand ich das zwar recht passend, Plomben und Bomben sind mir gleichermaßen zuwider, aber allein beim Gedanken an diese Wortnähe verging mir in der Folgezeit stets die Lust auf Süßes.

Bereits vor Jahren hatte mir ein Bekannter eine Zahnärztin empfohlen, zu der er gerne gehe, dabei habe er sonst entsetzliche Angst vor spitzen Geräten im Rachenraum. Ich nahm mir also vor, zu dieser Ärztin zu wechseln, irgendwann mal eine Routineuntersuchung zu vereinbaren, kann ja nicht schaden. Urplötzlich bekam ich starkes Zahnweh. Da musste dringend Abhilfe geschaffen werden. Sollte ich meinen Vorsatz über den Haufen werfen und dem alten Arzt doch noch einen Besuch abstatten? Zu einem neuen geht man schließlich nicht mit dicker Backe! Macht ja gleich einen schlechten Eindruck. Das wäre ja so, als würdest du zum ersten Date deine Expartner mitbringen, damit diese von deiner Beziehungsunfähigkeit berichten. Wobei, genau genommen führt man ja seine dentistischen Verfehlungen tagtäglich mit sich spazieren, nämlich im Mund. Beim bloßen Blick hinein erkennt ja selbst der Laie, was da Sache ist.

Drei Tage haderte ich mit mir. Die Schmerzen wurden derweil nicht weniger. Im Gegenteil! So ein richtig übles Ziehen oben rechts. Ach, was heißt Ziehen! Es drückte. Es puckerte. Zwischendurch tat mein ganzes Gebiss weh, und aß ich etwas, war es, als rammte ich mir einen riesigen, rostigen Nagel in den Kiefer. Also rief ich endlich doch bei der mir empfohlenen Ärztin an. Freundlich hieß es, ich solle gleich mal vorbeikommen. Da konnte ja wohl was nicht stimmen! Bei meinem alten Zahnarzt musste ich oft Wochen auf einen Termin warten. Ich fuhr trotzdem hin. Vor allem mein Zahn trieb mich dazu. Das Wartezimmer war voll, ich kam dennoch sofort ran. Eine blonde, junge Frau, die anscheinend tadellose Zähne besaß, so offen wie sie diese zeigte, begrüßte mich herzlich und stellte sich als Annabelle vor. Und sie machte ihrem Namen alle Ehre. Mir wurde mulmig zumute. Ein bisschen vermisste ich den Kasernenhofton schon. Und war es vernünftig, sich von einem Model behandeln zu lassen? Besonders alt war diese Annabelle auch nicht. Vielleicht ging sie vormittags zur Schule, um nachmittags an Kassenpatienten auszuprobieren, ob der Zahnarztberuf das Richtige für sie war. Nachdem sie mir ein Lätzchen umgelegt hatte, sagte sie: »Frau Doktor Hübsch kommt gleich.«

»Wie?«, entfuhr es mir. »Ich dachte …«

Annabelle zeigte abermals Zähne. »Sie haben mich wirklich für die Ärztin gehalten?«, lachte sie schüchtern. »Sie sind ja süß, danke für das Kompliment.«

»Keine Ursache«, sagte ich, und Annabelle verschwand.

Frau Doktor Hübsch sah aus wie die brünette Schwester Annabelles. Mit etwas gutem Willen konnte man sie auch für ihre Mutter halten. Ich war auf Anhieb verknallt. Fröhlich stellte sie sich vor, und ich riss ohne Zögern meinen Mund auf. Das war ich von meinem alten Zahnarzt so gewohnt. Nur keine Zeit verlieren.

»Langsam, langsam!«, lachte Doktor Hübsch. »Und nicht so weit auf. Das strengt ja an. Ich sehe auch so alles. Kann es sein, dass der Zahn oben rechts wehtut?«

Ich war mir plötzlich nicht mehr sicher. Bis ich mich wieder erinnerte. Wahrscheinlich hatte sie recht.

»Ist es so ein Ziehen?«, fragte die Ärztin.

»Ja«, sagte ich, »wobei ...«

»Manchmal puckert es?«

Ich nickte.

»Das werden wir gleich haben. Alles halb so schlimm.«

Die anschließende Behandlung war das Schönste, was ich je erlebt habe. So kam es mir jedenfalls vor. Annabelle unterstützte dabei ihre Chefin, die mich stets vorwarnte, wenn etwas wehtun könnte. Tat es aber nie. Als sie fertig war, wollte ich das zuerst gar nicht glauben. »Wann soll ich wiederkommen?«, fragte ich.

»In einem Jahr wäre vernünftig«, sagte Doktor Hübsch, »bei Schmerzen natürlich früher.«

Ich hatte keine Schmerzen. Obwohl ich Annabelle und Frau Hübsch so erst in einem Jahr wiedersehen würde, war ich darüber sehr froh. Ich machte mir was zu essen und freute mich des Lebens. Da klingelte das Telefon.

»Hallo!«, sang es mir entgegen. »Hier Doktor Hübsch. Hoffe, mit Ihrem Zahn ist alles in Ordnung.«

»Ja, ja«, sagte ich etwas verwundert. »Hatten Sie da Zweifel?«

»Nein nein! Ich wollte nur sichergehen.«

Sie wünschte mir einen schönen Abend. Und ich ihr ebenfalls.

Ein paar Tage später traf ich in meiner Straße Annabelle. Ich gedachte, an ihr vorbeizugehen, vermutlich würde sie mich gar nicht erkennen, doch sie grüßte bereits von Weitem, wusste sogar meinen Namen. Ich fragte, ob sie in der Nähe wohne.

»Bin bloß zufällig hier. Und Sie?«

»Ich wohn gleich nebenan.«

»Das ist ja lustig«, sagte sie. »Geht's Ihnen gut?«

»Danke der Nachfrage!«

»Das freut mich!« Freundlich lächelnd verabschiedete sie sich. Ich sah ihr nach, und sie drehte sich um. »Ich würde so gerne Kaffee trinken. Du hast nicht zufällig welchen da?«

»Klar«, sagte ich irritiert, »wenn du magst ...«

Ich glaube, sie mochte gar nicht. Von dem Kaffee hat sie nämlich kaum was getrunken. Bevor der Trinktemperatur hatte, hatte sie fast nichts mehr an. Bald darauf kam es zu wildem, hemmungslosem Sex. Ich musste mir größte Mühe geben mitzuhalten, und als wir erschöpft nebeneinander in die Laken sanken, strahlte sie. »Das hat Spaß gemacht!« Sie streichelte meine Wange. »Hoffentlich war das für deinen Zahn okay.«

Verdammt! Und ich war fast davon überzeugt gewesen, dass Annabelle mich wirklich mochte. Bei Morgenlicht betrachtet, war das schlichtweg unmöglich. Sie kannte nun mal mein missratenes Gebiss. Nach einer schlaflosen Nacht stand ich früh auf, schrieb einen Zettel, ich müsse leider los und sei die nächste Zeit nicht in der Stadt, tut mir leid. Dann zog ich zu einem Freund, der keine Fragen stellte.

Mir ging es nicht sonderlich gut. Zum einen musste ich unentwegt an Annabelle denken, die zauberhafteste Frau, die mich je angeblickt hatte. Und zum anderen beunruhigte mich mein Zahn. Da konnte ja wohl was nicht stimmen, sooft die nach ihm gefragt haben. Ganz davon abgesehen, dass Annabelle deshalb sogar mit mir ins Bett gegangen war.

Um auf Nummer sicher zu gehen, suchte ich ein paar Wochen später meinen alten Zahnarzt auf. Der blaffte mich an, weil es an meinen Zähnen nichts auszusetzen gäbe. Da hätte er ja überhaupt nichts zu tun. Dass ich inzwischen woanders gewesen bin, schien ihn dagegen nicht groß zu kümmern. Er fragte lediglich, wo. »Ah«, seine Augen begannen zu strahlen, und er wirkte mit einem Mal ungewohnt freundlich. »Frau Doktor Hübsch ist eine famose Ärztin.«

»Wenn Sie meinen.«

»Sie sind der erste Patient, der von ihr zu mir zurückgekommen ist. Das muss ich ihr direkt erzählen.«

»Tun Sie das. Das kann sie ruhig wissen.«

Abends kehrte ich heim in meine Wohnung. Der Briefkasten vollgestopft mit herzzerreißenden Liebesbriefen Annabelles. Der letzte vierzehn Tage alt. Offenbar hatte sie mich aufgegeben. Das machte mich traurig.

Spätabends klingelte es. Ich sprang sogleich auf. Sollte dies etwa Annabelle sein? Das wäre aber unwahrscheinlich.

Die Wahrheit war es umso mehr. Im Treppenhaus stand Frau Doktor Hübsch. Mit so 'ner Fresse! Sie roch nach Alkohol. Ich öffnete den Mund, ohne zu wissen, was zu sagen. Diese Gelegenheit nutzte sie, um mir mit einer Zange hineinzufahren. Der daraufhin einsetzende Schmerz ließ mich zu Boden gehen.

»Ich kann es nicht begreifen, junger Mann! Annabelle das Herz zu brechen, ist das eine, das geht mich nichts an, obwohl die Arme Sie trotz Ihrer miesen Zähne so geliebt hat, doch dass Sie zurück zu Ihrem alten Arzt sind, hat mich schwer getroffen, zumal Sie selber am Telefon gesagt haben, alles sei in Ordnung!«

»War es ja auch«, wimmerte ich.

»Jetzt hoffentlich nicht mehr«, fauchte Doktor Hübsch und pfefferte mir den meinem Mund fehlenden Zahn zurück ins Gesicht.

Mit unerträglichen Schmerzen ließ sie mich liegen. Dass diese freundliche Frau so fies sein könnte, hätte ich nicht mal im Traum für möglich gehalten. Irgendwie beruhigte mich das. Am nächsten Tag würde ich wieder ihre Praxis aufsuchen, mir einen neuen Zahn einsetzen lassen und Annabelle auf Knien um Verzeihung bitten. Vielleicht würde dann ja doch wieder alles gut werden.

DICKER ALS WASSER

von Paul Bokowski

Das ukrainische Mütterchen, das sich kurz hinter Breslau neben mich gesetzt hatte und unangenehm vertraut nach Fleischwurst und Verwandtschaft roch, hatte einen überraschend harten Schlag. Er kam plötzlich und unerwartet, so wie die Einladung des Goethe-Instituts, an einem deutsch-polnischen Literaturfestival in der Nähe von Warschau teilzunehmen.

Bis jetzt war die Reise in unserem Überlandbus ohne nennenswerte Ereignisse verlaufen, und selbst die höchst unschöne Art, auf die mich meine Sitznachbarin soeben aus unruhigen Träumen gerissen hatte, hätte kaum Erwähnung gefunden, läge nun nicht, wie zufällig, ein unschuldig dreinschauender, eingeschweißter Schafskopf in meinem Schoß, der zunehmend mit roten Blutsprenkeln überzogen schien.

Die arme Frau bedauerte ihr Missgeschick fürchterlich. Mehrmals beteuerte sie, wie unglaublich leid es ihr täte; dass sie sich bei aller Liebe nicht erklären könne, wie der Kopf aus ihrer Reisetasche gerutscht sein könne; er sei doch nur ein Geschenk für die Eltern ihrer Schwiegertochter; diese sei übrigens sehr hübsch, zwar etwas klein geraten, aber zum Glück nicht so klein, dass sich die Leute auf der Straße nach ihr umdrehen würden; außerdem sei sie mit einer anständigen Verdauung und gesunden Zähnen gesegnet, also ein immer noch recht passabler Fang für ihren Sohn, der leider etwas dumm geraten sei, seitdem er als Kind aus der offenen Scheune gefallen wäre, aber trotzdem, dank Gottes Gnade, zu einem unglaublich gutherzigen Mann heranwachsen durfte; und dessen Exfreundin, wie der Zufall so wolle, einmal als Sprechstundenhilfe bei einem niedergelassenen Unfallchirurgen in der Nähe von Lublin gearbeitet hätte, nur für den Fall, dass sich die Blutung meiner Nase in den nächsten sechs bis acht Stunden nicht stoppen ließe.

Nun verstehe ich gar kein Ukrainisch. Aber das oder etwas sehr Ähnliches dürfte das Mütterchen gesagt haben, während es mir mit der linken Hand heftig tröstend über das Gesicht fuhr und mit der rechten pantomimisch darlegte, dass sie mir als kleine Wiedergutmachung nur zu gerne den Schafskopf überlassen würde; immerhin hätte sie auch noch eingemachte Schweinefüße dabei; über die würden sich die Eltern ihrer Schwiegertochter auch sehr freuen.

Als wisse sie um ein uraltes, geheimes Hausmittelchen, meinem vermeintlich dahinscheidenden Organismus den verlorenen Lebenssaft zurückzuführen, bot sie an, das unablässig aus meiner Nase tropfende Blut in ihrer hohlen Hand aufzufangen. Ich lehnte dankend ab.

Seit den zahlreichen Wachstumsschüben in meiner Pubertät war mir die Blutungsneigung meiner Nase wohlvertraut – egal, ob Flugreisen, Geschlechtsverkehr, sportliche Aktivitäten jenseits des Minigolfs, Gebäude höher als zehn Stockwerke oder Fahrten mit einem Riesenrad.

Ich tat daher, was ich immer tat: Kniff mit Zeigefinger und Daumen meine Nase zu und versuchte, mit der anderen Hand durch beschwichtigende Gestik beruhigend auf mein Umfeld einzuwirken. Puls und Geruchsorgan würden schon wieder zur Ruhe kommen, deutete ich an. Aber das ukrainische Mütterchen ließ sich in seinem Zustand der Bestürzung nicht beirren, immerhin sah ich aus, als hätte ich ein Schaf gerissen.

»Wir brauchen einen Arzt!«, rief es panisch durch den Bus.

Da lehnte sich eine junge Frau aus dem Sitz gegenüber in unsere Richtung. »Nie zatykaj twój nosa!«, blaffte sie mich auf Polnisch an. »Nicht zuhalten! Auf gar keinen Fall zuhalten!« Ich würde sonst an einer Blutung im Gehirn verenden, versicherte sie mir.

Gerade wollte ich zu einem Monolog darüber ansetzen, dass ein gewisses Vorkommen von Blut im menschlichen Gehirn nicht zwangsläufig das Schlechteste sei, da schaltete sich ein vollleibiger Herr eine Reihe weiter vorne in unsere Unterhaltung ein. »Sie müssen sich etwas Kaltes in den Nacken legen!«, ergänzte er in überbetont dramatischem Englisch. »Er muss sich etwas Kaltes in den Nacken legen!«, rief er meiner Sitznachbarin entgegen, diesmal in klarem Polnisch, die sich in ihrer panischen Suche nach medizinischem Beistand bereits einige Sitzreihen vorangekämpft hatte.

»Hat jemand etwas Kaltes dabei?«, rief sie angestachelt durch den Bus.

»Tylko piwo!«, schallte es zurück. »Nur Bier!«

»Dieser junge Mann aus Deutschland hat fürchterliches Nasenbluten!«, interpretierte ich die Ergänzung des ukrainischen Mütterchens, da es dazu, wie zum Beweis, den blutigen eingeschweißten Schafskopf präsentierte. Verhaltenes Gelächter.

»Wir haben gefrorene Entenbrust dabei«, rief eine Männerstimme aus dem hinteren Wagenteil auf Polnisch. »Die ist doch für deine Mutter!«, hielt eine raue Frauenstimme von weiter vorne dagegen.

»One duck, five Euro. I make you very good price!«, rief der Mann in schlechtem Englisch.

»Wie groß ist die Nase denn?«, erkundigte sich ein Witzbold aus der letzten Bank. Das ukrainische Mütterchen erfasste den

Inhalt der Frage, aber nicht die Absicht: »Wie ein Ei!«, rief es zurück.

»Huhn oder Gans?«, wollte die Frau mit der rauen Stimme wissen.

»Huhn!«, rief das Mütterchen und besah sich meine Nase. »Aber großes Huhn!«

»On musi się położyć!«, klinkte sich eine junge Mutter in die Unterhaltung ein. »Er muss sich hinlegen. Ganz flach auf den Boden.«

»... und ruhig atmen«, ergänzte eine Stimme aus unbekannter Richtung.

Widerwillig grummelnd nahmen ein paar der Mitreisenden ihr Gepäck vom Gang auf ihren Schoß, um Platz für mich zu machen.

»Co się tam dzieje?«, erklang die Stimme des Busfahrers durch die Lautsprecher. »Was ist los da hinten?«

»Dieser junge Mann aus Deutschland hat fürchterliches Nasenbluten«, rief das Mütterchen abermals und hielt den Schafskopf gleich einer Trophäe in die Luft.

»Ich hab gesagt, er soll sich hinlegen!«, rief die junge Mutter durch den Bus. »Mit etwas Kaltem im Nacken!«

»Und ruhig atmen!«, ergänzte die Stimme aus unbekannter Richtung.

»Blödsinn!«, brüllte der Busfahrer. »Er muss die Arme in die Luft halten!«

»Po co?«, rief ein schnurrbärtiger Pole im Blaumann aus der vorletzten Reihe. »Wozu das denn?«

»So?«, rief das ukrainische Mütterchen und hielt ihre Hände schulterbreit in Höhe ihres Kopfes.

»Nein! So!«, brüllte der Busfahrer, löste seine Hände vom Lenkrad und streckte seine Arme senkrecht in die Luft. Zwei junge Mädchen in der ersten Reihe kreischten panisch auf.

Ein paar Sitzreihen vor uns hatte sich derweil ein älterer Herr von seinem Platz erhoben, starrte mich an und rief dann über die Sitzbänke hinweg: »Der muss mehr Wurst essen!«

»Do you want to have sausage?«, fragte ein junger Mann im Sitz hinter mir.

»Dziękuję«, sagte ich dankend. »But I don't eat meat.«

»On nie je mięsa!«, rief der junge Mann auf Polnisch durch den Bus. »Er isst kein Fleisch!«

Die Szene verstummte. Ungläubig drehten sich nunmehr auch die letzten Mitfahrer in meine Richtung.

»Wir haben auch Fisch dabei!«, rief die raue Frauenstimme.

Eine schwarzhaarige Frau mit Kniestiefeln und Ledermantel plärrte etwas unverständlich Tschechisches dazwischen. Entweder war es der gut gemeinte Ratschlag, mir zur Eigentherapie doch zwei Minuten lang eine saure Gurke in den Mund zu stecken, oder die Aufforderung an alle, endlich und ein für alle Mal die Fresse zu halten.

»Chcesz tampon?«, rief eines der jungen Mädchen aus der ersten Reihe und stieß ihre Hand mit dem weiblichen Hygieneartikel drohend in die Luft, nur um sofort wieder unter wildem Gekicher in ihrem Sitz zu versinken. Dann wollte der schnurrbärtige Mann im Blaumann wissen, ob wir schon an Tomaszów Mazowiecki vorbeigefahren wären. Vor zwanzig Jahren, setzte er an, hätte er in dieser Gegend mal was mit einer hinreißenden blonden Frau namens Marzena gehabt, die nicht nur wundersam gelenkig gewesen sei, sondern auch Medizin studiert habe. Man könne doch kurz halten und sich erkundigen, was wohl aus der geworden sei.

Zu unser aller Überraschung entgegnete der Busfahrer, dass wir Tomaszów Mazowiecki längst passiert hätten und in zehn Minuten Warschau erreichen würden. »Bluten Sie noch?«, rief er mir zu. Vorsichtig löste ich Zeigefinger und Daumen von meinen Nasenflügeln. Es war das ukrainische Mütterchen, das frohlockend verkündete: »Der Deutsche hat überlebt!« Sogleich brach der ganze Bus in frenetischen Applaus aus.

Nachdem ich mir auf der Toilette Gesicht und Hals gewaschen hatte, erreichten wir den Busbahnhof Warschau. »Do widzenia!«, rief ich in die Runde, als ich den Bus verließ, aber die Euphorie war so schnell verflogen, wie sie gekommen war. Erst als das Ding müde schnaufend davonfuhr, merkte ich, dass meine Reisetasche deutlich schwerer wirkte als zuvor. Bei einem Blick hinein fand ich sieben Tampons, zwölf Päckchen Taschentücher, eine Rolle Klopapier, zwei Entenbrüste, drei Pfund Würste, eine Dose eingemachte Schweinefüße, ein Döschen eines Vitamin-Magnesium-Eisen-Präparats und sechs Adressen von Hals-Nasen-Ohren-Ärzten aus Warschau, Krakau, Posen und Odessa.

»Willkommen in Polen!«, rief es mir entgegen. Es war die Frau vom Goethe-Institut.

ZAHLUNGSEMPFÄNGER VS. STRAHLUNGSEMPFÄNGER

von Rita Apel

Es ist sieben Uhr. Ich sitze im Wartezimmer meines Hausarztes und warte darauf, dass mir eine der Angestellten Blut abnimmt. Ich bin extra so früh erschienen, weil ich ja um acht Uhr zur Arbeit muss. Allerdings wundere ich mich über das restliche Publikum: Es handelt sich ausschließlich um Personen im Rentenalter. Was machen die so früh hier? Also, wenn ich mal nicht mehr arbeite, dann schlafe ich bestimmt noch um sieben. Um acht auch noch. Wahrscheinlich sogar noch um neun. Mein Hausarzt ist auch schlau, der lässt die Praxisangestellten Dinge wie Blutabnahmen, Verbandswechsel und Bestrahlungen bereits ab halb sieben erledigen und erscheint dann selbst gut erholt und blendend aussehend erst gegen halb neun. Das Rentnervolk hier sieht aber auch erstaunlich ausgeschlafen aus. Nun betritt ein junger Mann in Handwerkermontur die Praxis, und es entsteht folgender Dialog mit der Arztangestellten: »Guten Morgen, ich soll hier zur Bestrahlung kommen wegen meiner Schulter.«

»Haben Sie einen Termin?«

»Nein, der Doktor hat aber gesagt, ich könnte schon frühmorgens vor der Arbeit kommen.«

»Im Prinzip ist das richtig, aber sehen Sie mal, das Wartezimmer ist voll, alle Bestrahlungstermine bis acht Uhr sind bereits vergeben.«

»Aber das sind doch lauter Rentner, die hier vor sich hin oxidieren, die könnten doch auch später kommen.«

Die Arzthelferin hebt nun bedauernd die Schultern: »Da kann ich leider nichts machen, die Termine sind vergeben, aber Sie können ja mal den Herrn hier vorne fragen, der wäre als Nächster dran, ob er mit Ihnen den Termin tauscht.«

Das tut der Handwerker auch und fragt zunächst ganz höflich: »Entschuldigen Sie, würden Sie mit mir den Termin für die Bestrahlung tauschen? Ich muss nämlich gleich zur Arbeit. Und Sie könnten doch auch später herkommen.«

Völlig empört reagiert der ältere Mann: »Nein, das mach ich nicht, dann kommt mir meine ganze Tagesplanung durcheinander. Ich hab noch so viel vor.«

»Ja, was denn?«, fragt der junge Mann. »Als Erster auf dem Wochenmarkt sein und das Suppengrün auf 70 Cent runterhandeln? Und dann noch das Kreuzworträtsel in der Bild lösen? Und dann zum Bürgerhaus zur Tablettentauschbörse?«

Nun wird der Rentenempfänger laut: »Nein, ich hab wirklich immer viel vor, und ich habe auch für die nächsten Tage immer den Termin um Viertel nach sieben, und den will ich auch behalten, sonst hat man ja nichts mehr vom Tag.«

»Ja klar, Sie müssen morgens, nachdem Sie Ihr Gebiss gesucht haben, gleich um acht bei Aldi sein und die Sonderangebote einkaufen und dann endlos an der Kasse mit dem Kleingeld rumtüdeln, und dann noch mit dem Fahrrad zum Friedhof fahren und Opa mal eben überharken, nicht? Ich vergaß, es gibt ja so viele Dinge, die unmöglich nach 10 Uhr morgens erledigt werden können. Jetzt wird mir auch die Bedeutung des Wortes ›Frührentner‹ klar.«

Der alte Herr schaut nun beleidigt in die andere Richtung.

Jetzt macht der Handwerker einen neuen Versuch: »Hören Sie, guter Mann, ich geh jeden Tag arbeiten, damit Sie Ihre Rente kriegen. Da könnten Sie mir doch Ihren Termin geben.«

»Kommt nicht infrage«, erwidert der betagte Herr. »Und schließlich hab ich ja auch vierzig Jahre lang in die Rentenkasse einbezahlt.«

»Hahaha, davon ist bloß nichts mehr übrig geblieben, nicht? Das haben die schon woanders verplempert. Wenn ich jetzt nicht arbeiten gehen würde, dann hättet ihr Rentner bald gar nichts mehr zu beißen. Und wenn meine Schulter nicht wieder in Ordnung kommt, dann klappt das vielleicht in Zukunft überhaupt nicht. Also würden Sie jetzt bitte mit mir tauschen? Auch in Ihrem eigenen Interesse?«

»Nö. Und zu beißen hab ich immer was, ich hab ja einen Gemüsegarten.«

»Dann kaufen Sie beizeiten mal einen Mixer, bald zahlt die Krankenkasse auch keine Zähne mehr, und dann wird das Beißen schwierig.«

Der Handwerker wendet sich wieder zur Arzthelferin. Sie schaut ihn mitleidig an und sagt: »Da ist im Moment wohl nichts zu machen. Aber wenn Sie möchten, rufe ich Sie an, wenn einer der Patienten absagt.«

Darauf der Handwerker: »Könnten Sie mich vielleicht auch anrufen, wenn einer der Kandidaten hier stirbt?« Worauf die Arzthelferin lächelnd antwortet: »Mit dem größten Vergnügen.«

Der junge Mann fragt nun: »Was meinen Sie, wer wäre denn so als Nächster dran?«

Sie nimmt ihn beiseite und flüstert ihm etwas ins Ohr. Kurz darauf ruft er laut: »Oh, da habe ich ja gute Chancen, ich wusste ja gar nicht, dass diese Bestrahlungen bei alten Leuten solche Nebenwirkungen haben!«

In diesem Moment bekommt die Geschichte ihr wohlverdientes Happy End durch das eilige Hinausgehen einiger Rentner.

Nur wenige Tage später sieht man den jungen Mann und die Arzthelferin in der Pizzeria. Und daraus, wie er sie im Arm hält, kann man schließen, dass seine Schulter schon wieder ziemlich gut in Schuss ist.

DIE GEDANKEN SIND FREI

von Tilman Birr

Wochenlang hatte ich einen übersäuerten Magen, hatte Sodbrennen und morgens immer furchtbaren Brechreiz. »Ich hab's am Magen«, musste ich in meinem Alter schon sagen. Einer meiner Freunde, der immer über alles und besonders über mich ganz genau Bescheid weiß, kommentierte: »Das kommt davon, weil du dich immer über alles aufregst, du dumme Sau!«

Ich ging zum Gastroenterologen. Er wurde mir empfohlen, weil er die Magenspiegelung unter Kurznarkose macht, was mir entgegenkommt, weil ich ganz gerne mal neue Drogen ausprobiere. Eine Schwester legt mir so eine Art menschliche USB-Schnittstelle und hängt mich an einen Tropf. Ich muss mich auf die Seite legen. Der Herr Doktor kommt:

»Na? Was hamwer denn?«

»Furchtbar sauren Magen hamwer. Sodbrennen und Brechreiz, besonders wenn ich mich bewege. Seit Wochen schon.«

»Aha. Gut. Dann dreh ich hier mal den Hahn auf.«

Sofort fühle ich mich, als hätte ich gerade einen Schnaps gekippt.

»Legen Sie mal Ihre Brille ab. Jetzt kriegen Sie noch ein Plastikstück in den Mund. Und dann schlafen Sie mal gut.«

Die Drogen wirken.

»Daf if ja beffer alf Alkohol«, lalle ich durch das Plastikmundstück.

»Nicht reden«, sagt der Herr Doktor.

Gut, dann halt nicht. Ist auch ohne Reden ganz unterhaltsam hier, denn schön schwummerig ist mir schon. Ist ja ganz lustig, dieses Zeug. Ob man das irgendwo kaufen kann? Ich schließe kurz die Augen.

»Augen bitte offen lassen.«

Ich lasse die Augen offen. Ich würde jetzt gern Musik hören. Oder eine Folge *Simpsons* sehen. Oder mir was vom Chinesen kommen lassen. Ob die eine Gitarre hier haben? Aber warum schlafe ich nicht ein? Ach, dann denk ich mir halt was Schönes. Brüste, zum Beispiel. Brüste. Merkt ja keiner. Die Gedanken sihind frei, wer kann sie erraten? Niemand! Brüste, Brüste, Brüste!

»Entschuldigung«, sage ich nach gefühlten fünf Minuten. »Ich bin noch wach.«

Keine Antwort. Sind die jetzt abgehauen, oder was?

»Also, ich vertrag ziemlich viel. Vielleicht müssen Sie den Hahn etwas weiter aufdrehen.«

»Jaja«, sagt von irgendwo eine Stimme.

Ach, und selbst wenn ich nicht einschlafe. Ist doch 'ne prima Clique hier. Die Schwestern waren schon am Empfang so nett. Sind ja auch ungefähr in meinem Alter. Bisschen jünger vielleicht. Vielleicht haben die ja mal Lust, zur Lesebühne zu kommen, jetzt wo wir hier so nett beisammensitzen. Ich nestele an meiner Hosentasche, in der ich üblicherweise die Lesebühnenflyer mit mir führe.

»Suchen Sie da was Bestimmtes in Ihrer Tasche?«

Ach ... das krieg ich in meinem Dusel jetzt eh nicht hin. Und bis ich denen wieder erklärt habe, was eine Lesebühne ist. »Hier, Flyer für ne Lesung.« – »'ne Leeesung? Äääh ...?« – Nee, da lass ich das lieber.

»Nee«, sage ich. »Such nix in der Tasche.«

Warum dauert das so lange, bis ich einschlafe?

»Ich bin noch wach. Geben Sie mir doch noch 'ne Dosis.«

»Können Sie sich aufrichten?«, fragt eine Schwester aus dem Off.

Sie hilft mir, mich aufrecht hinzusetzen.

»Können Sie aufstehen? Halten Sie sich hier mal fest.«

Ich stehe auf und halte mich am fahrbaren Tropfgestell fest.

»Kommen Sie mal mit.«

Scheiße, was ist jetzt los? Jetzt haben sie gemerkt, dass ich durch jahrelanges Training in Alkohol und Cannabis resistent gegen ihre intravenösen Duseldrogen geworden bin, und jetzt machen sie die Magenspiegelung doch bei Bewusstsein? Na toll, jetzt wird gewürgt.

»Hab ich jetzt was verpasst?«, frage ich.

»Die Magenspiegelung ist schon vorbei.«

»Ach?«

Jetzt merke ich auch, dass ich meine Brille wieder aufhabe und kein Plastikmundstück zwischen den Zähnen. Die Schwester führt mich in einen Aufwachraum, ich lege mich auf eine Liege.

Verdammt. Warum hab ich nicht mal das Einschlafen und Aufwachen gemerkt? Hab ich etwa noch mehr geredet? Was hab ich denen wohl erzählt in meinem Suff?

»Ist euch schon mal aufgefallen, dass sich im Deutschen kein Wort auf Mönch reimt? Lönch, Tönch, Pönch, Wönch. Doch! Wönch, das geht.

Es sprach der Abt zum Mönch
Pass auf, mein Lieber. Wönch
Dich noch mal hier erwisch
Dann schrubbst du meinen Tisch.

Oder? Geht doch. Wönch. Sonst noch was? Könch, Dönch, Schlönch. Doch, hier ist noch einer:

Es sprach der Arzt zum Mönch
Halt still, wenn ich dich rönch.«

Oder bin ich etwa anzüglich geworden? Das ist bei diesen hübschen Schwestern durchaus möglich.

»Fräulein Üsküdar, Sie sind 'n heißer Feger. Ich hab dich gleich gesehen, als ich zur Tür rein bin. Ich darf doch Du sagen? Was hast du heut Abend vor? Ich hab einen riesigen Whirlpool zu Hause.«

Oder bin ich ausfallend geworden? Vielleicht hat der Arzt gesagt: »Zählen Sie mal von zehn runter!« Und ich habe geantwortet: »Ich denk doch überhaupt nicht dran, Sie Quacksalber.«

»Herr Birr, irgendwie müssen wir mitkriegen, wann Sie eingeschlafen sind. Jetzt zählen Sie mal runter.«

»Halt doch's Maul, du Pfuscher. Was willst du sein? Gastrent... Gastrote... Magenarzt? Du bist doch nur ein Schlauchversenker. Du machst doch nix anderes, als Schläuche in Mägen zu stopfen. Und damit kannst du dir 'nen Benz leisten. Von den Geschwüren anderer.«

Oh je, was war da wohl los? Ich schalte meinen MP3-Player ein und höre etwas Musik. Nach einer Dreiviertelstunde kommt der Herr Doktor und heißt mich, ihm zur Besprechung zu folgen. Im Magen hätte er nichts gefunden, aber meine Speiseröhre sei etwas gereizt. Er verschreibt mir säurehemmende Mittel. Ich darf gehen.

Am Empfang frage ich eine Schwester:

»Tschuljung, hab ich im Halbschlaf eigentlich noch viel geredet?«

Sie und ihre Kollegin kichern.

»War's arg schlimm?«, frage ich.

»Och nö«, antwortet sie. »Sie haben ein paar Mal nach Schnaps gerufen und gefragt, ob man hier rauchen kann.«

»Sonst nichts?«, frage ich.

Ihre Kollegin kichert schon wieder.

»Warum wollen Sie das denn wissen?«

»Ach, wissen Sie, ich bin da bei so 'ner Lesebühne und brauche einen neuen Text, und da dachte ich: Wenn ich hier jetzt im Schlaf ›Heil Hitler‹ gesagt hätte oder so, das wäre bestimmt ein Riesenlacher für einen Text.«

»Na ja, wenn Sie's wirklich wissen wollen: Sie haben mir schon ziemlich in den Ausschnitt gestarrt.«

Jetzt muss sich ihre Kollegin vor Lachen die Hand vor den Mund halten.

»Wirklich? Oh, das tut mir leid.«

»Jetzt fangen Sie nicht noch an zu lügen!«

Jetzt setzt meine Erinnerung wieder ein. Die Schwester hatte sich vor mich gekniet und mir das Plastikmundstück eingesetzt. Dabei muss ich ihr wohl in den doch recht ausgeprägten und wohlgefüllten Ausschnitt gestarrt haben. Diesen geradezu herausfordernden Ausschnitt. Diesen zum Hineinstarren gemachten Arzthelferinnenausschnitt, der genau das Richtige ist, wenn man auf Droge ist, besser als Musik, eine Folge *Simpsons* oder sich was vom Chinesen kommen lassen. Dann blieb sie vor mir sitzen und hat kontrolliert, ob ich die Augen noch auf habe.

»Hab ich auch was gesagt?«, frage ich.

»Ja. Einmal ganz kurz: ›Schöne Aussicht‹ haben Sie gesagt. Und dann haben Sie irgendwas gesungen. So ein Volkslied.«

Ihre Kollegin bekommt einen Lachanfall und muss sich flüchten. Vielleicht sollte ich den beiden jetzt einen Flyer für die Lesebühne geben?

»Oh! Das tut mir leid, aber ich stand unter Drogen.«

»Kenn ich«, sagt sie beschwichtigend.

»Sorry. Tschüss, Schwester.«

»Tschüss, Sie. Und ... jetzt aber keine Geschichte über meinen Ausschnitt schreiben.«

»Nee, mach ich nicht. Ganz bestimmt nicht.«

AUS DEM TAGES-ABLAUF EINES HYPOCHONDERS

von Joachim Zawischa

06:00 Uhr
Der Wecker klingelt. Mein Name ist Joachim. Ich kann mich nicht bewegen. Ich bin mindestens siebenundachtzig Jahre alt. Ich versuche, mich zu drehen. Bin ich gelähmt? Nein. Ich kann mich doch bewegen, aber alles tut weh. Ich erhöhe das Alter auf dreiundneunzig.

06:05 Uhr
Aufstehen.

Ich will Zähne putzen. Den rechten Arm kann ich nicht zum Mund führen. Bin ich doch gelähmt? Vielleicht träume ich nur. Nein. Als ich meinen Hals strecke, schmerzt mein Rücken. Diesen Schmerz kann man nicht träumen. Aber nach dem Strecken fühle ich mich besser. Ich fühle mich jetzt wieder wie siebenundachtzig. Der Mann auf dem Poster an der Wand sieht etwas jünger aus. Die Zahnpasta schmeckt nach Rasierschaum. Eklig. Welche Marke ist …? – Die Zahnpasta *ist* Rasierschaum. Das Poster an der Wand bewegt sich. Es ist ein Spiegel. Warum erkenne ich das erst jetzt? Ich hab bestimmt ein unheilbares Augenleiden. Ich bin schwer krank. Und achtzig Jahre alt.

06:10 Uhr
Duschen. Das Wasser ist nass. Viel zu nass. Ich halte den Duschstrahl mit dem heißen Wasser auf meine Haut. Es entsteht ein roter Fleck. Hab ich eine Wasser-Allergie?

06:25 Uhr
Ich bin jetzt gefühlte zwölf Stunden auf den Beinen. Und gefühlte achtundsiebzig Jahre alt.

»Guten Morgen!«, schallt es in der Lautstärke eines Düsenflugzeuges.

»Hrrm!«, muffel ich.

06:40 Uhr
Frühstück. Ich weiß nicht, wie ich an diesen Tisch gekommen bin und wer das ist, mir gegenüber. Vor mir stehen ein Teller und eine Tasse. »Was ist das?«, frag ich und meine diese dampfende Flüssigkeit in der Tasse. »Das ist Kaffee, den trinkst du jeden Morgen.« Aha. Sie war also schon öfter hier.

07:02 Uhr
Drei Kaffee, zwei Brötchen und ein Ei später. So ein Frühstück wirkt Wunder. Ich fühle mich jetzt wie Mitte vierzig. Ich weiß jetzt auch wieder ihren Namen. Eva heißt sie.

»Du solltest nicht so viel Kaffee trinken. Denk an deine Magenbeschwerden«, sagt sie. Ihre Stimme klingt jetzt auch nicht mehr so laut wie ein Düsenflugzeug.

»Die Magenschmerzen gehen ja noch, aber eben hatte ich so etwas wie Gedächtnisschwund. Ich konnte mich an nichts mehr erinnern. Und alles war ganz laut.«

»Das kommt vom Whisky gestern Abend.«

»Quatsch, ich hab nur Kamillentee getrunken. Wegen meines Reizmagens. Aber vorhin hatte ich beim Duschen rote Flecken. Das ist bestimmt eine Allergie.«

»So heiß, wie du immer duschst, ist das kein Wunder. Ist doch klar, dass du dann rote Flecken auf der Haut bekommst.«

»Vielleicht ist das ja eine Vorstufe von Hautkrebs.«

08:10 Uhr

Sorgfältig habe ich mir eine Liste mit meinen Erledigungen angefertigt. Krankengymnastik, Termin beim Urologen, Augenarzt, Vorsorgeuntersuchung beim Hautarzt, Zahnzusatzversicherung organisieren.

Ich blicke auf den Zettel und stelle zwei Dinge fest. Erstens: Mein Großvater hatte kurz vor seinem Tod ähnlich viele Arzttermine. Und zweitens: Er brauchte dafür keine Liste, sondern konnte sich alles merken. Und das, obwohl er vierzig Jahre älter war, als ich jetzt bin.

08:12 Uhr

Ich habe ein Kratzen im Hals. Ob ich dieses Jahr noch einen Termin beim HNO-Arzt bekomme? Jetzt muss ich sogar husten. Wann habe ich das letzte Mal Ultraschall machen lassen? Vielleicht sollte ich gleich zum Lungenröntgen, denke ich. Der Morgenschleim heute früh sah gar nicht gut aus.

»Mann, bist du alt«, sagt eine fiese innere Stimme zu mir.

»Nein, ich lebe nur gesundheitsbewusst. Ich bin ein aufgeklärter Mensch in den Vierzigern und nutze die Vorzüge der modernen Medizin«, entgegne ich selbstsicher.

»Du bist alt. Und hypochondrisch«, quält die innere Stimme.

In dem Moment kommt Eva ins Zimmer. »Denkst du an die Untersuchung beim Neurologen?«

»Welche Untersuchung beim Neurologen?«

»Na, wegen deines Augenzuckens.«

Ach so, will ich noch sagen, aber da ist sie schon zur Zimmertür raus.

08:15 Uhr
Ich setze den Neurologen ganz unten auf die Liste: Krankengymnastik, Termin beim Urologen, Augenarzt, Vorsorgeuntersuchung beim Hautarzt, Zahnzusatzversicherung, HNO-Arzt, Lungenspezialist, Neurologe. Das liest sich wie die Ärztetafel im Branchenbuch, denke ich.

Früher standen auf diesen Zetteln ganz andere Dinge. Mit Monika joggen gehen. Kanu fahren mit Martina, Kaffee trinken mit Sabine.

Ich blicke auf die Uhr. O je, in einer Dreiviertelstunde muss ich bei der Krankengymnastik sein. Moment. Hat da nicht eben was geknackt, als ich das Handgelenk drehte, um auf die Uhr zu sehen? Hör bloß auf, denke ich. Jetzt ist auch noch die Hand im Arsch. Ich stelle mir das bildhaft vor. Die Hand im Arsch. Ich finde die Formulierung witzig. Muss ich mir gleich aufschreiben. Ich nehme den Füller und ziehe die Kappe ab. Wieder dieses Knacken im Handgelenk. So als wenn man die Finger der beiden Hände verschränkt und dann überdehnt. Genau so ein Knacken ist das. Hoffentlich ist nichts gebrochen.

8:40 Uhr
Noch zwanzig Minuten bis zur Krankengymnastik.

An so einem Ärztetag sind saubere Unterhosen und Socken ohne Löcher Pflicht. Ich gehe ins Schlafzimmer. Heute Morgen hatte ich ein frisches Paar Socken auf den Stuhl neben der Kommode gelegt. Also, ganz frisch waren die auch nicht. Es waren die aus der mittleren Schublade. Ich hab in meinem Kleiderschrank drei kleine Schubladen. Oben liegen die Socken, die ich schon länger getragen hab, und in der mittleren die, die ich erst einmal getragen hab. In der dritten Schublade befinden sich Unterhosen. Gemischt. Also getragen und ungetragen. Aber auf dem Stuhl sind keine Socken zu sehen. Weder mit noch ohne Loch.

Nichts ist peinlicher als ein Loch in der Socke, wenn du dich bei der Krankengymnastik ausziehst. Franziska wäre das sicher egal. Franziska ist meine Krankengymnastin und gleichzeitig eine alte Schulfreundin. Früher hieß sie Weidner, doch dann hat sie einen Simon Streng geheiratet. Mit ihrer Kollegin Cornelia Alt eröffnete sie vor eineinhalb Jahren eine Gemeinschaftspraxis: »Alt & Streng – Krankengymnastik für Kinder und Erwachsene«. Toller Name. Das kann man doch nicht machen. Da muss man sich doch umtaufen lassen. Oder man lässt sich wieder scheiden und heiratet einen anderen. Na ja, Hauptsache, sie hat Gefühl in den Händen. Wenn sie meine chronischen Verspannungen im Nackenbereich löst. Oder waren sie in den Schultern? Im Lendenwirbelbereich? So weit ist es schon. Jetzt kann ich nicht mal mehr ganz genau sagen, wo die Verspannungen sind. Sind das die ersten Anzeichen von Alzheimer? Irgendwo müssen sie doch sein, denke ich. Also nicht die Verspannungen, sondern die Socken.

08:42 Uhr
»Eva, hast du meine Socken vom Stuhl genommen?«, rufe ich durch die Wohnung.

»Nein, vielleicht sind sie ja runtergefallen«, schreit sie zurück. Runtergefallen. Wie können Socken einfach runterfallen, ohne dass sie jemand berührt. Socken legt man auf einen Stuhl, und dort liegen sie. Und wenn nicht ein Luftzug in der Stärke eines Orkans durchs Zimmer fegt oder die Erde bebt und das Haus zusammenstürzt, bleiben sie auch dort liegen. Tagelang. Jahrelang. Jahrtausende. Ich vermute, irgendwann würden sie verwesen. Oder durch verschiedene chemische Reaktionen würde ein Stück Kohle aus ihnen.

08:45 Uhr
»Sieh doch mal unter dem Stuhl nach oder dahinter«, ruft Eva von irgendwo aus der Wohnung. Jetzt muss ich mich auch noch

bücken. Und das bei meinem Rücken. Wenn ich mir dabei einen Wirbel blockiere, was dann? Ich muss es riskieren, sonst muss ich barfuß gehen. Und wenn ich barfuß gehe, erkälte ich mich. Glück gehabt. Sogar in dreierlei Hinsicht. Die Socken liegen unter dem Stuhl. Ich blockiere mir beim Bücken keinen Wirbel. Und die Socken haben keine Löcher.

19:20 Uhr

Ich bin stolz auf mich. Ich hab alle Arzttermine geschafft. Und die Arzttermine haben mich geschafft. Psychisch bin ich völlig am Ende. Alle Ärzte meinen, ich sei kerngesund. Ich weiß gar nicht, wie ich damit umgehen soll. Wieso nimmt mich keiner ernst?

Eva kommt ins Wohnzimmer gehumpelt.

»Was ich dich schon heute früh fragen wollte«, sag ich, »wieso läufst du eigentlich an Krücken?«

»Weil ich mir vorige Woche den Fuß gebrochen habe und mit einem Gips schlecht laufen kann?«, sagt sie, schüttelt den Kopf und verzieht dabei den Mund.

»Ach komm, das wird schon nicht so schlimm sein«, versuche ich, sie aufzubauen. »Meinst du, der ist wirklich gebrochen?«

Manchmal übertreibt Eva ein bisschen. Aber so ist sie nun einmal.

DOKTOR OBST

von Frank Sorge

Es gehört zum Optimismus, der mir eigen ist, auch eine Krise als Chance zu begreifen. Und wenn der Körper mal wieder eine Erkältungskrise hat, sich neuen Behandlungsmethoden nicht zu verschließen. So kredenzte mir die Frau Freundin spontan einen Balsam, der sofort in die Liste meiner liebsten Cocktails eingegangen ist. Heiße Zitrone mit Sanddornsaft und Honig. Gnadenlos schießt dieser Drink ins Blut und steigt zu Kopf wie eine Mondrakete. Und dorthin, in den Kopf hinterm Mond, bringt er Feuer und Licht der Erkenntnis. Was für ein Gesöff – Wodka Energy kann da einpacken.

Meine Krankenkasse schickt mir mal wieder einen Brief. Eigentlich ganz schöne Angebote, zum Beispiel bietet sie an, dass sich ein Mitarbeiter für mich um Arzttermine kümmert. Das ist doch nett, gehen sie dann auch selber hin? Und sie erinnert mich daran, dass es diese und jene Vorsorgeuntersuchung gibt. Aber ich bin selten beim Arzt, Pillen, Pulver und Salben benutze ich beinahe nie, vermutlich bin ich der typische Härtefall. Wenn mich die Krankenkasse wirklich zum Arzt bringen will, muss sie wohl Mitarbeiter vorbeischicken, die mich am Schlafittchen packen. Ich scheue keine Ärzte, aber halte auch nicht nach ihnen Ausschau. Man kann ja nebeneinander leben, ohne weiter miteinander zu tun haben zu müssen. Gegen leichte Beschwerden, wie den aufziehenden Kopfschmerz, bemühe ich allgemeine und frei erhältliche Arzneien wie Haselnuss-Eis. Das klappt ziemlich gut.

Eingeflüstert wird mir das von Doktor Obst, der in mir wohnt. Der keine Pillen, Pulver und Salben verschreibt, sondern erst einmal Sonnenlicht. Oder Bewegung.

Die empfohlene Tagesdosis direktes Sonnenlicht beträgt eine halbe Stunde, Doktor Obst scheucht den Grottenolm raus auf die Straße. Praktisch am Sonnenlicht ist ja, dass es beinahe überall zu finden ist, wenn es da ist. Auch auf dem Friedhof nebenan, den ich, wie mir jetzt auffällt, auffällig oft umgehe für einen Spaziergang.

Also heute mal was Erhebendes zur Abwechslung, was Besonderes, heute auf den Friedhof. Und was soll ich sagen, es ist schön hier und sonnig, wenn die Sonne da ist. Kaninchen springen dem Flaneur vor die Füße, und das Ohr wird verschont vom Besten der Achtziger und Neunziger, während das Beste von Amsel, Drossel und Fink in kostenloser Flatrate hineingeträufelt wird. Hier ist kaum ein Mensch, außer den vielen mit den Namensschildern natürlich, die aber nicht laut sind und nicht herumlaufen.

Die Praxis von Doktor Obst ist eine Blumenwiese, wie es viele in meinem Kopf gibt. Er sitzt dort im Gras, das von vereinzelten, schneeweißen Lämmern kurz gehalten wird. Er hat eine große Kanne grünen Tee, von dem er mir gleich anbietet.

»Na, Herr Sorge, wie geht's uns denn?«

»Hallo, Doktor Obst, ich hab da so seit einer Woche ein Zwicken im Bein, vermutlich der Nerv.«

»Haben Sie es schon mit Haselnuss-Eis probiert?«

»Ja, gegen die Kopfschmerzen hat es geholfen, aber der Nerv zwickt weiter, ich denke, der sogenannte Ischias.«

»Ich hatte Ihnen doch das letzte Mal schon Bewegung verschrieben, hat das nicht geholfen?«

»Nein, aber ich hab auch vielleicht nicht genug Bewegung eingenommen.«

»Dann versuchen wir es jetzt mit Liegen.«

»Sie meinen, einfach mit Liegen?«

»Ja, das ist nicht schlecht – einfach mal liegen bleiben, nicht zu viel, dreimal täglich die nächste Woche. Dann sehen wir weiter.«

»Sollte ich nicht vielleicht doch zu einem Rückenspezialisten?«

»Das ist Ihnen selbst überlassen, können Sie natürlich machen. Dann würde ich Ihnen allerdings doch mehr Bewegung verschreiben – nehmen Sie nicht den Bus zum Rückenspezialisten, sondern das Fahrrad.«

»Hm, da müsste ich noch die Bremsen reparieren.«

»Das hat Sie doch drei Jahre nicht abgehalten, dass die Bremsen nicht gehen. Und dann fahren Sie aber nicht nur einmal zum Rückenspezialisten, sondern fahren Sie zehnmal hin und her. Wenn es dann immer noch zwickt, gehen Sie zum Rückenspezialisten.«

»Und wenn ich es gerade so einmal hin schaffe und dann mit kaputtem Rücken ...«

»Dann sind Sie ja beim Rückenspezialisten, der kann Sie dann von der Straße kratzen.«

»Aber ich habe da im Internet gelesen ...«

»Herr Sorge, Sie sollen doch nichts im Internet lesen. Die Nachrichten von mir aus, auch Blogs, oder was Sie da immer so lesen, aber suchen Sie nicht nach Krankheiten.«

»Aber da steht ...«

»Ja, da steht alles Mögliche, aber Sie haben sicher nicht alles Mögliche, sondern eins davon. Vielleicht. Hören Sie auf Ihren Arzt.«

»Aber Sie sind kein Arzt, Sie sind Doktor Obst.«

»Ich bin mehr Arzt als Sie, Freundchen, verlassen Sie sich auf mich. Im Internet über Krankheiten lesen, macht Sie nur krank, gehen Sie stattdessen schwimmen.«

»In Ordnung, vielen Dank, Doktor Obst. Sonst noch was?«

»Nur das Übliche. Trinken Sie Ihren Tee aus, weniger rauchen, weniger trinken, weniger Fleisch.«

»Aber Sie haben mir doch letztens Schweinerippchen verschrieben.«

»Das war fürs Gemüt, aber das scheint ja jetzt in Ordnung.«

»Na, wenn Sie meinen.«

Ob Doktor Obst gut für mich ist, da bin ich mir nie ganz sicher. »Gesunde Skepsis ist gesund«, sagt er dann nur. Aus seiner Praxis heraus, lande ich heute immerhin mitten auf dem Friedhof auf der Wartebank, von der das Sonnenlicht abgerückt ist.

»Wir schließen«, ruft mir jemand zu, und ich bewege mich, eine kleine Spur schneller als nötig.

BABYS FÜR DIE GESELLSCHAFT

Von Ninia LaGrande

Es ist 7:45 Uhr, und ich habe bis jetzt weder etwas gegessen noch einen Kaffee getrunken. Alles, was ich will, ist ein Rezept. Ein Rezept für die Pille, die Antibabypille. Nun hat meine Frauenärztin einen guten Trick am Start – immer, wenn man ein neues Rezept benötigt, muss man sich auch untersuchen lassen. Weil ich aber erst kurz vor knapp merkte, dass ich ein neues Rezept brauche, sitze ich so früh in diesem Wartezimmer und muss zudem mit einer Vertretung vorliebnehmen. Das ist sehr schade, weil ich meine Frauenärztin mag. Sie lobt mich immer für meine Brüste. Das finde ich nett. Wer macht das sonst im Alltag?

»Hallo.«

»Hallo. Machen Sie sich bitte frei. Ach, wie schön, so schöne Brüste, was für ein Glück. Dürfen Sie wieder einpacken.«

Da geht man gleich viel aufrechter aus der Praxis.

Rechts neben mir, ein paar Plätze weiter, sitzt eine Frau mit künstlichen Wimpern und UGG-Boots. Ich überlege, was sie wohl heute noch vorhat. In die Arktis fahren und dort Eiszapfen am Auge sammeln?

Über der Wimpernlady hängt ein Flatscreen, auf dem in Dauerschleife Brüste gezeigt werden. Eine Frau zeigt, wie man sich die Brüste abtastet, immer wieder, seit fünfzehn Minuten. Ihre Brüste sind auch schön. Nur sehr weich – wahrscheinlich vom langen Dreh und Draufrumdrücken. Ich denke darüber nach, dem Mann davon zu erzählen, damit er das nächste Mal mitkommt.

Dann werde ich aufgerufen. Frau Doktor begrüßt mich schon auf dem Flur und wirkt bis jetzt ganz normal. Wie Frauenärzte eben normal wirken können. Auf so hygienisch-vertraute Art und Weise. Sie schüttelt mir etwas labbrig die Hand und fragt, warum ich da bin. »Ich brauche ein neues Rezept.«

»Na, dann ziehen Sie sich doch bitte aus.«

Der Stuhl in ihrem Praxisraum ist nicht höhenverstellbar. Ich stehe, untenrum völlig nackt, ratlos vor dem Stuhl herum. Mein unterer Körperbereich findet diese Situation etwas unangenehm.

»Ja, ups, das tut mir leid, da müssen Sie irgendwie draufkommen.« Sie zieht ihre Gummihandschuhe an und wartet. Nicht nur, dass ich für ein dusseliges Rezept so früh und halb nackt hier antanzen muss – jetzt soll ich auch noch Sport machen!

Also kraxele ich, untenrum schon fast eingefroren, den Stuhl hoch.

Frau Doktor tastet alles ab und schiebt mir das Ultraschallgerät in den Körper.

»Haben Sie Kinder?«

»Nein.«

»Ist das Absicht?«

Was? Na sicher. Die Frau hat mich vor zwei Minuten kennengelernt, bohrt mit einem Gerät in mir herum und will jetzt auch noch Smalltalk machen.

»Äh, ja?!«

»Na ja, Sie sind schon 30.«

»Das ist korrekt«, sage ich.

»Wollen Sie Kinder?«

»Ja. In ein bis zwei Jahren.«

»Lassen Sie sich damit nicht mehr sooo viel Zeit!!«, ruft sie entsetzt.

»Bitte??!«

Ich bekomme Angst. Vielleicht ist irgendwas kaputt, und sie hat das gerade entdeckt? Oder in zwei Jahren sind Kinder nicht mehr verfügbar? Ich kann aber auch nicht hektisch aufspringen, in mir steckt ein glitschiges Ultraschallgerät, und vom Stuhl muss ich auch erst einmal wieder runterkommen.

»Die Gesellschaft denkt, sie könnte immer später Kinder kriegen, aber das ist nicht so!«

Was ist denn los? Warum gerate immer ich an so komische Menschen? Meine allererste Frauenärztin sprach beim Abtasten: »Ach, huch, Ihre Gebärmutter ist ja ganz klein!« – Ach nee! Schau mich doch mal an! Ich bin insgesamt ganz klein!

Oder die andere Ärztin, die bei einer Untersuchung plötzlich ausrief: »Süüüüß! Ach, da ist ja was!«, und mir Schweißperlen auf die Stirn trieb.

»Was ist?«, fragte ich damals hektisch.

»Ach, ich habe nur eine kleine Zyste gefunden. Kein Problem, die beobachten wir in der nächsten Zeit.«

»Das finden Sie süß, Herrgott?!«

»Na ja, sie ist so klein, und ich habe sie trotzdem gefunden.«

»Herzlichen Glückwunsch.«

»Okay, ich, ähm, denke drüber nach«, antworte ich Frau Doktor auf ihren Verbesserungsvorschlag hinsichtlich meiner Familienplanung.

Als ich mich wieder anziehe, fragt sie, ob ich mich regelmäßig abtaste, sonst würde sie kurz mal gucken. »Nee, Madame!«, denke ich. »So nicht.« Die ganze Zeit rummeckern und dann meine schönen Brüste anfassen wollen. Da könnte ja jede kommen.

»Ja, na sicher, wie die Dame in Ihrem Video – täglich, alles supergut«, sage ich.

Zur Belohnung bekomme ich endlich mein Rezept. Kurz denke ich darüber nach, zukünftig wie die alten Römerinnen zu verhüten: Nach dem Sex schnell hinhocken und niesen. Dann stelle ich mir aber die Reaktion meines Gegenübers vor und verwerfe die Idee wieder. Stattdessen schreibe ich eine SMS an den Mann: »Ich komme jetzt nach Hause, du musst mir ganz schnell ein Baby machen. Für die Gesellschaft.«

DR. MOLDE

Von Horst Evers

Beim Arzt. Die Frau an der Anmeldung füllt offensichtlich gerade irgendwelche Flüssigkeiten ab. Trotzdem winkt sie mich heran:

»Bitte?«

»Guten Tag, mein Name ist Evers, ich bin zum ersten Mal hier, ich komme wegen der Impfung, ich habe einen Termin bei Herrn Dr. Molde ...«

»Herr Dr. Molde ist noch nicht da!«

Sie sagt das laut und ohne mich anzusehen. Stattdessen schüttelt sie ein Röhrchen und hält es blinzelnd gegen die Sonne. Ich bin verunsichert.

»Was?«

»Dr. Molde ist noch nicht da-a. ... Aber wenn Sie es nur mitte Ohren haben, eine Überweisung kann ich Ihnen natürlich auch schreiben!«

»Was?«

Genervt lässt sie das Röhrchen sinken und dreht sich zu mir hin.

»Na, is' bei Ihnen wohl doch mehr so eine Kopfsache, hm? Noch nicht da-aaa, der Dr. Molde, verstehen Sie? Klingeling!«

Beim »Klingeling« schüttelt sie das Urin-Röhrchen zur Unterstützung wie eine Weihnachtsklingel. Direkt vor mir, so als wollte sie mich verzaubern. Und für einen kurzen Moment habe ich auch wirklich das Gefühl, mir würden Feenflügel wachsen, leider aus den Nasenlöchern.

Aber es sind dann doch keine gewachsen. Gott sei Dank, wer will schon eine Fee sein, der die Flügel aus der Nase wachsen. Speziell als Mann büßt man da doch ganz schön an Würde ein. Aber das sind so Ängste, also dass einem jetzt zum Beispiel plötzlich Feenflügel aus der Nase wachsen ... Über solche Ängste spricht man ja in der Öffentlichkeit eher nicht so gerne.

»Halloooo!!!«

Die Frau schüttelt noch mal das Röhrchen.

»Sind wir kurz mal weggedöst?! Können Sie mir mal sagen, woran Sie jetzt gerade gedacht haben?«

»Ich, ... och ... och, ich hab gedacht, dass ich doch jetzt einen Termin bei Herrn Dr. Molde habe, wegen der Impfung.«

»Sind Sie sicher? Sie haben ausgesehen, als würden Sie denken, Ihnen wachsen Flügel aus der Nase.«

Werde ein bisschen rot, versuche abzulenken: »Was ist denn jetzt mit meinem Termin?«

Nun beginnt sie, in gewisser Weise gelangweilt, irgendwelche Streifen in die Probe zu halten.

»Wann ist denn Ihr toller Termin?«

»8:30 Uhr.«

»Na, das ist ja ewig her.«

»Zehn Minuten, und als ich gekommen bin, war es, glaube ich, noch vor halb.«

»Glaube ich nicht. Aber egal, Sie müssen schon pünktlich kommen, sehen Sie nicht, wie voll das Wartezimmer ist? Der Termin ist jetzt natürlich verfallen.«

»Was? Aber Dr. Molde ist doch noch gar nicht da.«

»Jetzt lenken Sie mal nicht von Ihrer Zuspätkommerei ab.«

Sie hält mir einen Teststreifen hin.

»Hier gucken Sie mal. Finden Sie, das ist noch orange oder schon rot?«

»Weiß nicht.«

»Halloooo ...«

»Rot. Meinetwegen rot, also, würde ich zumindest sagen.«

»Meinen Sie? Also nee, ich find, das ist doch eher orange.«

»Was? Nein. Neinneinnein, also orange auf keinen Fall. Das ist rot, ganz klar. Eindeutig rot.«

»Na super!«

Sie lässt plötzlich das Röhrchen sinken und schaut mich verärgert an. »Na, herzlichen Glückwunsch. Das können Sie dann dem Patienten aber mal schön selber sagen, dass sein Streifen rot ist. Ganz toll! Wunderbar. Schön selber können Sie ihm das sagen! Ich hab hier nämlich keine Lust, immer die Böse zu sein.«

Die Tür vom Behandlungszimmer geht auf. Ein Patient schaut schüchtern heraus, fragt: »Gibt es schon ein Ergebnis?«

Die Frau schnaubt: »Allerdings gibt es das. Ich hätte ja gefunden, es ist noch orange, aber er hier nun wieder, er!!! Unser Herr Farbexperte!!! Aber fragen Sie ihn doch selbst!«

Sie zeigt auf mich.

Der Patient lächelt: »Ach, dann sind Sie Herr Dr. Molde?«

Bevor ich etwas sagen kann, ruft die Frau: »Aber ganz genau, das ist er!«

Sie brüllt ins Wartezimmer: »So, der Herr Dr. Molde ist jetzt da!!!«

Epilog:

Um die galoppierenden Kosten im Gesundheitswesen in den Griff zu bekommen, hat sich die Bundesregierung entschlossen, bei der Rekrutierung von Ärzten ganz neue, ungewöhnliche Wege zu beschreiten. Unter anderem soll die Ausbildungszeit drastisch reduziert werden. Die Qualität der ärztlichen Versorgung solle hierunter aber nicht leiden.

UNTER SCHMERZEN

von Torsten Wolff

Ich habe Respekt vor Ärzten, denn sie wissen genau, wie man Schmerzen verursacht. Und das sogar legal und bezahlt. Mein erster und letzter Arztbesuch endete mit einem traumatisierten Dreijährigen und einem Zahnarzt, der mit seiner rechten Hand nur noch ein Bier und einen Kurzen bestellen kann. Als ich mit achtzehn wieder aus der Psychiatrie entlassen wurde, hatte man mir die dummen Gedanken im Kopf herausoperiert. Nur das Schmerzzentrum hatte man dabei rein zufällig übersehen. Und nun habe ich Zahnschmerzen.

Bevor ich die Zahnarztpraxis betrete, nehme ich noch rasch ein paar Pillen gegen die Angst. Es sind die gleichen, die das US-Militär für seine Spezialkräfte verwendet. Die Zahnarzthelferin schenkt mir ein makelloses Zahnweißlächeln und fragt mich nach der Krankenkassenkarte. Wie verdammt durchtrieben von ihr, denn die Krankenkassenkarte hatte ich mir für den Notfall auf den Rücken geklebt. Sie nimmt die Karte sehr vorsichtig mit zwei Fingern entgegen und schneidet sich daher nicht an den rasiermesserscharfen Kanten. Stattdessen verlangt sie die Praxisgebühr für das ganze Quartal. Ich frage nach einer Einzelkarte. Die gibt es aber nicht, und das Quartals-Abo ist auch nur noch für drei Tage gültig.

Das könnte eng werden, denn das Wartezimmer ist voll mit alten Leuten. Dabei könnten die ihre Zähne auch problemlos per Post einschicken. Es dauert vier Stunden, bis ich endlich an die Reihe komme. So langsam spüre ich, wie die Pillen meine Sinne schärfen, und ich rieche Angst und Blut und den Alkoholdunst, der im Praxiszimmer hängt wie in einer billigen Kneipe. Desinfektion halte ich für eine Schutzbehauptung. Aber mir ist es lieber, wenn der Arzt vorher ordentlich einen getankt hat, dann zittern seine Hände wenigstens nicht so. Er setzt sich neben mich und zieht ein Tischchen heran, auf dem mehr Besteck liegt als beim Nobelitaliener.

Ich muss den Mund weit aufmachen, und der Arzt schaut lange hinein. »Plaque«, sagt er dann und macht eine dramaturgische Pause, »... ist Ihr geringstes Problem. Sie haben Karies an allen Zähnen, und das Zahnfleisch ist chronisch entzündet. Parodontoseprophylaxe ist offensichtlich ein Fremdwort für Sie.«

»Parodontoseprophylaxe *ist* ein Fremdwort«, entgegne ich.

Doch da hat sich der Arzt schon der Schwester zugewendet: »Ich fürchte, da ist zudem eine Wurzelbehandlung fällig.«

Ich finde, das ist eine recht hölzerne Umschreibung für eine erotische Massage, aber ich sage: »Klar, warum nicht?« Jetzt wird mir auch klar, wieso das Wartezimmer so voll war. Doch man merkt, dass er sonst alte Leute behandelt, denn der Arzt zieht sogleich eine Spritze auf.

»Ist nicht nötig«, sage ich, »ich bin noch fit genug, ich brauche keine Spritze.«

»Na gut, dann müssen Sie eben die Zähne zusammenbeißen«, sagt der Arzt und startet den Bohrer.

»Moment, da liegt ein Missverständnis ...«, doch da spüre ich schon einen stechenden Schmerz und heule wie ein Schlosshund. »Sehen Sie, tut doch gar nicht weh«, sagt der Arzt.

Ich brauche jetzt wohl doch Hilfe und fische mein iPhone aus der Tasche. »Wähle Notruf«, schreie ich, so laut ich kann, um den schrillen Bohrer zu übertönen.

»Sie hören gerade: ›Mitten ins Gesicht‹ von Bushido«, sagt das Telefon. »Wollen Sie dieses Lied jetzt kaufen?«

»Nein!«, schreie ich und ramme das iPhone mit aller Kraft auf die Hand, die versucht, mich zurück in den Stuhl zu drücken. »Download abgeschlossen«, sagt das iPhone, bevor es zusammen mit einigen Fingern zerbricht. Nun schreit auch die Schwester, denn es waren ihre Finger, und es klingt tatsächlich ein bisschen wie Bushido.

Ich springe auf, wobei sich der Bohrer bis zum Anschlag in den Unterkiefer bohrt und dann abbricht. Das Blut spritzt mir aus dem Mund, und der Schwester spritzt das Blut aus ihrer Hand, und ich bemerke, wie gut es zu ihrem Nagellack passt. Ängstlich schlägt sie ein blutrotes Kreuz auf ihrer Brust. Doch ein Kreuz hilft nicht gegen Vampire. Ich schlage meine Zähne in ihren breiten Hals und versuche, ihren Kopf vom Körper zu trennen.

»Geronimo!«, schreit der Arzt und versucht, die rettende Tür zu erreichen. Irgendwie hat er den Sinn eines Schlachtrufs nicht verstanden. Ich schnappe mir eine herumliegende Zahnprothese. Mit ihr in der Hand kann ich endlich in Ruhe mit ihm sprechen. Handpuppenkrokodile haben eine beruhigende Wirkung. »Das hier«, verkünde ich, »ist Schnappi. Und Schnappi steht gerade total auf Wurzelbehandlung.«

Ob ich Killerspiele spielen würde, werde ich hinterher von der Polizei gefragt. Ob sie die Filmrechte haben können, werde ich von Columbine Pictures gefragt. Warum ich das getan habe, fragt mich mein Psychiater.

»Weil ich Zahnschmerzen habe«, sage ich und schlürfe sein Gehirn aus seinem gespaltenen Schädel. Das Schmerzzentrum zuletzt.

REFUGIUM DER ERFOLGLOSEN

von Jochen Schmidt

Schon fünfmal hat Dr. Comenius mich aufgeschnitten, um mir Lipome zu entfernen, harmlose Fettklümpchen, die aus unbekannten Gründen unter meiner Haut wachsen. Am meisten Angst habe ich immer, dass die Betäubung nicht wirkt, der Doktor fragt mich ja jedes Mal, ob es spitz sei oder stumpf, wenn er mich zur Probe mit einer Nadel piekt. Manchmal fühle ich die Nadel durchaus, traue mich aber nicht, das zuzugeben, weil ich nicht den Betrieb aufhalten oder schuld daran sein möchte, dass ein schlechtes Licht auf die Sprechstundenhilfe fällt, die wenige Minuten zuvor die Betäubungsspritze gesetzt hat. Beim Operieren vergisst der Doktor gerne, dass er mich schon kennt, und fragt mich, was ich mache. Ich überlege dann immer, ob ich alt genug bin, in der Öffentlichkeit zuzugeben, was mein Beruf ist, oder ob ich wieder »Journalist« sage, weil das weniger angeberhaft klingt. Um herauszufinden, warum ich es überhaupt »angeberhaft« finde, Autor zu sein, müsste ich vermutlich einen ganz anderen Arzt besuchen. Aber egal, was ich antworte, Dr. Comenius erzählt mir sowieso als Nächstes irgendetwas für mich sehr Interessantes aus seinem langen Leben, z. B. dass ihm mal ein Patient eine Skizze der deutschen Stellungen im

Prenzlauer Berg am Kriegsende gegeben hat. Wo heute die Schönhauser-Allee-Arkaden die Sicht auf etwas mit Sicherheit Schöneres versperren, stand ein Panzerabwehrgeschütz. Oder dass die Mädchen in seiner Schulzeit Pettycoat trugen und über der Schulter einen Korb, weil das damals besonders schick war. Beim Smalltalk mit Respektspersonen arbeitet mein Gehirn immer fieberhaft an einer Anschlussbemerkung, die die Distanz zwischen uns nicht verleugnet, aber vielleicht doch wenigstens spielerisch überwindet. Wäre es zu forsch, ihn zu fragen, ob ich filmen dürfte, wie er mich aufschneidet? Einmal durfte ich immerhin schon das Fettklümpchen sehen, das er rausgeholt hatte, bevor es verpackt wurde, um es an die Histologie zu senden. Was nach der Untersuchung im Labor damit passiert, weiß ich nicht. Eigentlich gehört es ja mir, aber ich traue mich nicht, das anzusprechen. Bei Herta Müller las ich mal, wie ihr in einer Verhörszene ein Polizist ein Haar vom Pullover nahm und sie sagte: »Legen Sie das zurück!«

Der pathologisch-anatomische Begutachtungsbericht von der letzten OP, den mir Dr. Comenius beim entspannten Abschiedsgespräch im Besprechungszimmer vorliest, ist für mich immer eine Genugtuung, weil sich hier mein Graecum und mein Latinum endlich einmal auszahlen: »Ein kapsulär begrenztes, septiertes, reifzelliges Angiolipom mit großleibigen, univakuolären Lipozyten und septal angeordneten kollagenen Fibrillen, vorwiegend englumige Kapillaren mit endothelialer Auskleidung, partiell von Erythrozyten gefüllt.« Das liest sich für mich wie Vergil oder Homer, was Dr. Comenius nicht weiß, weswegen er mir immer übersetzen will, was »kein Anhalt für Malignität« bedeutet.

Erst dachte ich, ich lasse mich ein- bis zweimal operieren, und nun habe ich mir schon den sechsten Termin gesichert. Das bedeutet jedes Mal mehrere Stunden in einem überfüllten Arzt-Wartezimmer im Prenzlauer Berg. Aber irgendwann ist mir klar geworden, warum es mich hier immer wieder herzieht, nämlich genau wegen dieser Zeit im Wartezimmer, wo die Menschen so verbraucht und müde aussehen. Den Männern quellen die Bäuche über die Gürtel, und bei den alten Frauen beugen sich die Knie nach außen, wenn sie sich so seltsam vorwärtsbewegen, als hätten sie zwei Holzbeine. Wenn man die Menschen hier sieht, das hat überhaupt nichts mit der Realität zu tun, die man aus dem Fernsehen kennt, und auch nichts mit dem, was man über den Prenzlauer Berg immer liest. Selbst im Ausland kann man ja inzwischen nicht mehr zugeben, dass man hier wohnt, alle denken gleich, man sei so ein Alltagsopportunist, an der harten Realität nicht interessiert. Ich sage dann immer, ich wohne ja schon seit '89 hier und hatte noch Ratten im Außenklo, auch wenn das etwas übertrieben ist. Ich fand mein Außenklo immer sehr gemütlich, ein winziger Raum, auf das Wesentliche reduziert, irgendwie auch wehrhaft mit seinem schmalen Fenster, das wie eine senkrechte Schießscharte aussah. Die reichen Roma bauen in Rumänien Wohnpaläste für sich und ihre Familien, mit zwanzig Zimmern, von denen sie eins bewohnen, und mit Klo im Garten, weil so etwas nicht in ein vornehmes Haus gehört. Inzwischen sind die Außenklos in meinem Bezirk aber Vergangenheit, man hat eher »Naturlichtbad«, und ich fühle mich mit meinen Erinnerungen an früher selbst wie ein Lipom. Ich bin froh, in Dr. Comenius' Praxis wenigstens einmal alle paar Wochen das Gefühl zu haben, noch nicht der Kaputteste in meinem Bezirk zu sein, und ich freue mich über den Anblick von Menschen mit geröteten, müden Gesichtern, vom Rauchen zerfurchter Haut, älteren Pärchen, die sich gegenseitig stützen und für den Weg zum Einkaufen so lange brauchen wie ich von Berlin nach Leipzig. Die wohnen auch noch hier, aber wo? Das Unheil rückt ja unbarmherzig näher, und dagegen hilft diesmal kein Panzerabwehrgeschütz. Bei mir um die Ecke gibt es jetzt schon ein Geschäft für glitzernde, handgefertigte High Heels neben der geschlossenen Kinderbibliothek. Und manchmal hängt an unserer Haustür ein Zettel, dass ein junges Paar, er Arzt, sie Architektin, ganz dringend eine »3–4-Raum-Wohnung hier im Kiez« sucht, für maximal 1500 Euro Miete, 2000 Euro Provision. Ich reiße diese Zettel immer ab, aber das wird nicht viel bewirken.

Und bald wird der Prenzlauer Berg um eine Besonderheit ärmer sein, eine Ecke, an der seit dem Krieg keine Häuser standen, sondern Vergissmeinnicht blühten, eines jener inzwischen selten gewordenen Fleckchen Hauptstadterde, die unbebaut waren, das Dreieck zwischen Cantianstraße und Schönhauser Allee. Zu DDR-Zeiten war das ein Beet, das im Frühjahr mit Blumen bepflanzt wurde, sogar noch ein paar Jahre nach der Wende, bis dafür kein Geld mehr da war, weil wir seit der Wende offenbar in einem armen Land leben, oder zumindest in einer armen Hauptstadt. Deshalb wurde ein Zaun darumgesetzt, die Vorstufe zum Verkauf. Dass hier kein Haus stand, war zunehmend eine Attraktion, weil Atempausen in der baulichen Verwertung des städtischen Raums so selten geworden sind bei uns. Bei den meisten Gebäuden würde man aber staunen, wie reizvoll die Wirkung wäre, wenn sie weg wären. Zur Zeit ist ja der Palast der Republik unsichtbar, ein geradezu surrealer Effekt. Dem Vernehmen nach soll, bis er aus der Reparatur kommt, an der Stelle als Zwischenlösung ein Schloss gebaut werden. Am Cantianeck sieht man an der Brandmauer noch den Berliner Bären, der einem Fußball nachläuft, eine Erinnerung daran, dass im benachbarten Stadion früher der BFC Dynamo gespielt hat. Diese Wand war zur 750-Jahr-Feier Berlins so gestaltet worden, weswegen der Bär bei den Prenzlauer-Berg-Bewohnern eher unbeliebt war. Er hatte einen Frauenkopf mit Haarband abgelöst, eine Werbung für Berlin-Kosmetik: »Das Haus im Dienste der Schönen«. Unters Dach haben Jugendliche mit Malerrollen »Aufstand der Würde« geschrieben. Ich nehme mal an, es waren Jugendliche, obwohl es interessant wäre, sich vorzustellen, dass die Graffitis in der Stadt in Wirklichkeit von Rentnern stammen. Die Brandmauer wird jetzt verschwinden, weil hier zwei Häuser gebaut werden, mit Wohnungen im Wert von bis zu neunhunderttausend Euro. Im Werbetext steht, dass man in diesem Bezirk »Geschichte atmen und fühlen kann«, dass er »schon immer exklusiv gehandelt wurde«. Vor der Wende habe das Areal »als Geheimtipp unter Intellektuellen gegolten, die ihresgleichen sowie eine Bleibe suchten. Auf anderem Niveau bildete sich nach der Wiedervereinigung hier ein Refugium heraus für wirtschaftlich Erfolgreiche, Künstler, Vertreter der Boheme sowie allenthalben Unangepasste. Kreative finden eine inspirierende Heimstatt, Modelabel eröffnen nicht von ungefähr hier Dependancen«. Ein Refugium für wirtschaftlich Erfolgreiche? Wenn ich das Geld hätte, mir so eine Wohnung zu kaufen, würde ich es dann aus Protest gegen diese verlogene Maklersprache nicht tun? Wahrscheinlich wäre sie in ein paar Jahren viel mehr wert, und man macht sogar noch Gewinn, man braucht nur das Einstiegskapital. Woody Allen wohnt ja auch in einem Penthouse an der 5th Avenue in New York. Aber vielleicht dreht er gerade deshalb keine guten Filme mehr?

Überall werden Lücken geschlossen und damit das reizvolle Berliner Straßenbild mit Brandmauern, Schuppen, Durchgängen, wilder Vegetation auf Brachen für immer versiegelt. Denn es ist ja nicht mit einem neuen Krieg zu rechnen, eine zweite Chance, es anders zu machen als die westdeutschen Innenstädte der Nachkriegszeit, wird Ost-Berlin nicht bekommen. Mein Nachbar erzählt mir, dass unser REWE-Markt, ein ehemaliger DDR-Konsum, weil er so erfolgreich ist, abgerissen und durch einen REWE-Tempel ersetzt werden soll. Solche Nachrichten nehmen mich körperlich mit, ich kann mir vorstellen, dass ich deshalb diese Lipome bekomme, obwohl Dr. Comenius sagt, wenn ich den Grund dafür wüsste, würde man mir den Nobelpreis verleihen. Es ist ja nicht nur die Stadt, die sich verändert, bei der Sparkasse fiel mir auf, dass die Kontoauszugsdrucker von Siemens-Nixdorf neuerdings keine Nadeldrucker mehr sind. Das war eine der letzten Gelegenheiten, die geblieben waren, das vertraute Geräusch zu hören. Ich erinnere mich noch an die Zeit, als es eine Luxusinvestition war, einen Neun-Nadel-Drucker statt eines gewöhnlichen Acht-Nadel-Druckers zu kaufen. Das Drucken geht jetzt viel schneller, was mir aber gar nicht recht ist. Bisher war das Warten am Kontoauszugsdrucker eine willkommene Auszeit im Leben. Wenn man da stand, dem Geräusch der Nadeln lauschte und das beruhigend reale Rumpeln des hin und her rasenden Druckkopfs, konnte einem keiner einen Vorwurf machen, das war eine Pause, auf die man einen Anspruch hatte, wie an einer roten Ampel. Genauso wie die Wartezeit in Dr. Comenius' Wartezimmer, wo man nie das Gefühl hat, dass sie einen schnell loswerden wollen, weil man auch mit Termin immer mehrere Stunden verweilen darf. Es ist ein Refugium der Erfolglosen.

FREUNDE BIS AUF DIE KNOCHEN

von Thilo Bock

Mein Freund Klaus-Günther hat sich geprügelt. Mit einem Kritiker. Dem hat er voll eins auf die Nase gegeben. Also fast. Im Grunde hat er dessen massive Designerbrille zerdrückt und sich geschickterweise die Hand gebrochen. Seine Schreibhand. Vor Jahren hatte ich auch mal rechts einen Armbruch. Glücklicherweise bin ich Linkshänder. Nervig war's trotzdem, wochenlang bloß mit einer Hand auskommen zu müssen. Zur Erinnerung an die Zeit der unaufreißbaren Tütensuppen, hatte ich mir meinen Gips aufs Regal gelegt.

Wenigstens freute sich der total übermüdete Röntgenarzt über Klaus-Günthers ungewöhnlichen Bruch. »Hey, der ist ja mal interessant!«, rief er und führte den gelangweilten Schwestern den Knochenknick vor.

Zum Abschwellen der Hand und zur besseren Bettenauslastung des Krankenhauses musste mein Freund erst mal zwei Tage herumliegen, bevor sie ihn operieren wollten. Natürlich habe ich ihn sofort besucht. Ich sollte ihm ja seinen halben Hausstand anschleppen. Er hatte sogar ein Zimmer für sich allein. Nicht schlecht, diese Künstlersozialkasse! Nur besseres Essen kriegt man da auch nicht. Der miese Krankenhausfraß soll die Grundstimmung der Patienten auf niedrigem Niveau halten.

Was bei Klaus-Günther nicht ganz geklappt hat. Einen Tag später rief er mich nämlich nächtens an, ich lag schon im Bett. Und er war kaum zu verstehen. Hinter ihm lärmte es ungeheuer. »Hey«, versuchte ich zu scherzen, »schmeißt du 'ne Pyjamaparty oder was?«

»Ich bin gerade nicht im Krankenhaus.«

»Was? Denke, du wirst morgen operiert!?«

»Ja, aber heut ist doch die Party von Welt-Online-Sascha. Für die war ich halb mit so 'ner süßen Schnecke von der Zitty verabredet.«

»Spinnst du? Und deine OP?!«

»Morgen früh bin ich schon wieder zurück.«

»Die merken doch, wenn dein Bett leer ist.«

»Deshalb ruf ich dich ja an. Die süße Schnecke ist blöderweise noch nicht aufgetaucht. Schnapp dir also mal 'nen Taxi!«

»Spinnst du, ich leg mich garantiert nicht in dein Bett! So wie du drauf bist, kennen die Schwestern dich doch längst.«

»Ich hab mich erkundigt, heut Nacht ist 'ne andere dran. Alter, du hast dann echt was bei mir gut. Wart mal ... Ich glaub, da kommt sie. Also danke, dass du das für mich machst!«

Danach war das Gespräch vorbei. Ich hätte mich umdrehen können und morgen auf mangelnde Zurechnungsfähigkeit wegen Halbschlaf plädieren können. Aber Klaus-Günther war mein Freund. Der verließ sich auf mich! Den konnte ich ja wohl kaum ins offene Messer laufen lassen. Also zog ich mich an und staubte meinen alten Gips ab. Wenn ich schon wen anderes spielte, dann doch wenigstens authentisch.

Der Pförtner winkte mich müde durch. »Zur Notaufnahme links.«

»Okay, danke.« Ich ging aber nach rechts, fand Klaus-Günthers leeres Bett und machte es mir so bequem, wie das in einem Krankenhausbett geht. Plötzlich ging die Tür auf – die Nachtschwester. »Alles in Ordnung? Sie wissen ja, nichts mehr essen und trinken!«

»Was wäre, wenn ich doch …?« Sie stemmte ihre linke Hand in die breite Hüfte und quälte sich ein Lächeln herbei. »Kein Problem, den Einlauf kann ich Ihnen sofort verpassen.« Ich versuchte, ebenfalls zu lächeln. »Oh, wie schade, dass ich brav war.«

»Wirklich schade!«, knurrte sie. »Hab schon gehört, dass Sie 'n Komiker sind.«

Sie hängte ein Schild mit der Aufschrift »nüchtern« an den Galgen über meinem Bett und verschwand grußlos. Na, dachte ich, mit dem Komiker werden die morgen noch viel Spaß haben. Die alte Suchtunke würde sich garantiert nicht zurückhalten können. Ich legte mir den Gips um den Arm und umwickelte ihn mit mitgebrachtem Mull. Bald schon schlief ich erschöpft ein.

Und wurde erst wach, als das Licht anging. Schlaftrunken murrte ich: »Dachte, du kommst gar nicht mehr!« Die Schwester lächelte mich eisig an. »Keine Sorge, geht sofort los. Wenn Sie sich die Zähne geputzt und das hier angezogen haben!« Sie warf mir einen Knäuel zu und verschwand. Ich sah auf die Uhr. Halb acht. Wo um alles in der Welt war Klaus-Günther?

»Na, erst hamses so eilig, und jetze machense ein' auf Morgenmuffel, oder was?« Wieder die Schwester. Sie half mir beim Anziehen. Halterlose Strümpfe mit Fenster, um zu kontrollieren, ob die Zehen nicht blau anlaufen, wie sie mir erklärte. Eine Netzunterhose! Ein rückenfreies Nachthemd und eine dieser schicken grünen Hauben. »Äh, ich glaub, hier liegt ein Irrtum vor.« Die Krankenschwester lächelte. »Keine Sorge, das steht Ihnen hervorragend. Sie werden der Schönste im OP-Saal sein.«

»Darauf will ich hinaus«, versuchte ich es weiter. »Ich gehör da gar nicht hin!«

»Immer ruhig Blut, mein Lieber. Reinste Routine! Auch wenn die Ärztin noch in Ausbildung ist, Ihre Knochen wird sie schon wieder zurechtbiegen.«

»Das ist es ja! Da ist nichts gebrochen!«

»Jaja!« Lächelnd klopfte sie dreimal auf meinen Gips. »Los geht's, Sie wollen ja nicht zur eigenen OP zu spät kommen!« Sie fing an, mein Bett vorwärtszuschieben. »Übrigens, der Fahrstuhl auf dieser Station ist leider kaputt. Wir müssen durch Station sechs. Die wird gerade umgebaut.«

Was eher untertrieben war. Station sechs schien noch in der Planungsphase zu stecken. Die Bauarbeiter jedenfalls wünschten mir viel Glück. So gewann ich zwar Zeit, wusste sie aber nicht zu nutzen. »Was ist, wenn ich auf die OP verzichte?«

»Ich denk, Sie sind Komiker, junger Mann? Mit so Rohrkrepierern könnse bei mir nicht landen!«

»Und wenn ich nicht der wäre, für den Sie mich halten?«

»Dann würd ich an Ihrer Stelle schön die Gosche halten. So übermüdet, wie die Ärzte da unten sind, würden die schon was finden, was sie Ihnen stattdessen wegoperieren.«

Resigniert ließ ich mich in den OP hieven. Die Anästhesisten begrüßten mich. Ob ich wirklich Vollnarkose wünschte, wie im Fragebogen angekreuzt. Bei so einem Pipifaxschnitt würde eine örtliche Betäubung vollkommen reichen. Klar, Klaus-Günther, der Held, hatte Schiss gehabt, er könnte irgendwas spüren! Mir sollte der Totalrausch recht sein. So blieben mir wenigstens blöde Ärztefragen erspart. Und weg war ich dann auch.

Als ich wieder aufwachte, standen mehrere Weißkittel um mein Bett herum und sahen mich ernst an. Ob es mir gut ginge.

»Ja, ich glaube schon«, fing ich benommen an. »War was?«

»Nein, nein! Alles planmäßig verlaufen«, sagte einer rasch und schaute auf sein Klemmbrett. Sicher schien er sich seiner Sache nicht zu sein. »In ein paar Wochen können Sie Ihre Hand wieder bewegen, als sei sie nie gebrochen gewesen.«

Die Ärztedelegation beeilte sich, das Zimmer zu verlassen. Vielleicht war Vollnarkose doch die falsche Wahl gewesen. Zu schade, da bin ich mal bei einem medizinischen Wunder dabei und mental nicht anwesend.

Irgendwann erschien sogar Klaus-Günther. Mit einem Riesenblumenstrauß und einer Sprechblase an Entschuldigungen. Diese blöde Zitty-Schnecke sei und sei nicht gekommen und es einfach nicht zu verhindern gewesen, dass er ein paar Beruhigungsgetränke eingenommen hätte. Von denen er so willenlos geworden sei, dass er sich erst vormittags gegen elf unter einem Glastisch wiedergefunden habe. Und da sei bei mir bestimmt längst alles gelaufen. »Bist ein echter Freund.« Er tätschelte meinen Gips.

»Jaja«, seufzte ich, »und dein Arm?«

»Schmerzt infernal. Ich fahr nachher ins Urban.«

»Deine Krankenkasse wird sich wundern.«

»Ach, gut, dass du mich erinnerst. Hast du zufällig deine Chipkarte dabei?«

KURZER DIALOG

von Christian Ritter

»Machen Sie mal ›Aaah‹!«

»Aaah!«

»Das ist ja einfach. Sie haben eine eitrige Mandelentzündung.«

»Sicher?«

»Natürlich. Ich bin der Arzt. Was machen Sie denn beruflich?«

»Selbstständig. Schriftsteller.«

»Wie ungünstig. Dann muss ich Sie ja nicht mal krankschreiben. Schonen Sie sich! Vierzehn Tage keine körperlichen Anstrengungen ... also machen Sie alles so wie immer in Ihrem Beruf.«

DIE AUTORINNEN UND AUTOREN

AHNE liest jeden Sonntag bei der »Reformbühne Heim & Welt« in Berlin und hat Internet: www.ahne-international.de. Seine »Zwiegespräche mit Gott« laufen seit Jahren auf Radio Eins und wurden in mittlerweile vier Bänden publiziert (Voland & Quist).

RITA APEL nimmt als »Grande Dame der Bremer Slam-Szene« seit über zehn Jahren erfolgreich an Poetry Slams und Lesebühnen teil. Im Jahr 2013 vertrat sie den Bremer Slam bei den deutschsprachigen Meisterschaften. Wenn sie mal reich und berühmt ist und ihr Leben verfilmt wird, möchte sie nicht von Veronica Ferres gespielt werden.

MAREIKE BARMEYER, in München geboren, verbrachte ihre Zwanziger in Großbritannien, wo sie über das Studiopublikum einer britischen Talkshow promovierte. Sie lebt in Berlin, ist Mitglied der Lesebühne »Rakete 2000« und schreibt für die taz. Ihr erster Kurzgeschichtenband »Ü30 – Erwachsen werden wir später« erschien 2010 bei Periplaneta.

CHRISTIAN BARTEL lebt als freier Autor in Bonn und interessiert sich für Komik und Verzweiflung. Er ist Mitglied dreier Lesebühnen und schreibt für die »Wahrheit«-Seite der taz. Bei Satyr erschien von ihm zuletzt sein zweiter Geschichtenband »Grundkurs Weltherrschaft«.

TILMAN BIRR ist Jahrgang 1980. Trotzdem wohnt er in Berlin. Er schreibt, singt, veröffentlicht und tritt viel auf. Auch nachts. In Frankfurt am Main betreibt er mit Severin Groebner und Elis die »Lesebühne Ihres Vertrauens«. Seine jüngste Publikation ist das Kurzgeschichten-Abenteuerroman-Mentalitätenkunde-Großwerk »Zum Leben ist es schön, aber ich würde da ungern auf Besuch hinfahren – Eine kleine Heimatkunde«. www.tilmanbirr.de

BOV BJERG, 1965 in Heiningen geboren, lebt als Autor und Kabarettist in Berlin. Mitbegründer der Literaturzeitschrift »Salbader« und zahlreicher Lesebühnen. Ensemblemitglied des »Kabarettistischen Jahresrückblicks« im Mehringhoftheater.

THILO BOCKs Leben fing 1973 in einem Berliner Krankenhaus an. Seitdem versucht er, gesund zu bleiben. Er hat fünf Bücher veröffentlicht, zuletzt »Tempelhofer Feld« (Fuchs & Fuchs). In seiner Freizeit sammelt er abgelaufene Medikamente. www.thilo-bock.de

PAUL BOKOWSKI wurde 1982 in Mainz geboren. Er ist jüngstes Mitglied der Berliner Lesebühne »Brauseboys« und Mitbegründer von »Fuchs & Söhne«. Sein Kurzgeschichtenband »Hauptsache nichts mit Menschen« (Satyr) erschien im Dezember 2013 noch einmal als Goldmann-Taschenbuch. www.paulbokowski.de

DANIELA BÖHLE wurde in Köln geboren und hat dort auch ihr medizinisches Staatsexamen bestanden. Seit 1999 lebt sie als

Lektorin und Autorin in Berlin. Ihr Geschichtenband »Amokanrufbeantworter« ist 2005 bei Satyr erschienen, ihre Hörspiele haben rbb und SWR produziert, darunter die Krankenhausgroteske »Leichen im Keller« (2010). www.daniela-boehle.de

ALEX BURKHARD, Jahrgang 1988, ist im Westallgäu aufgewachsen und lebt in München. Seit 2007 liest er dort bei den Lesebühnen »Westend ist Kiez« sowie »Stadt, Land, Fluss« und tourt als Slam-Poet, Autor und Moderator durch den gesamten deutschsprachigen Raum. Dabei hat er oftmals sehr schöne Schuhe an. 2013 erschien sein Buch »... und was kann man damit später mal machen?« bei Satyr.

HORST EVERS (geb. 1967): Berliner Autor, tritt ständig irgendwo im deutschsprachigen Raum auf und veröffentlicht permanent Bücher und sonstwie Geschichten. Hat auch schon eine ganze Reihe von Preisen gewonnen. Antwortet selten auf Mails, ist aber sonst echt okay und lässt im Übrigen schön grüßen. (Diese Autorenbiografie wurde von Horst Evers selbst so verfasst und für einigermaßen präzise befunden.)
Der Beitrag »Dr. Molde« ist dem Band »Für Eile fehlt mir die Zeit« entnommen (Rowohlt). Mit freundlicher Genehmigung des Autors.

SYLVIA FALKENSTRAAT lebt mit zwei Söhnen, Ehemann und Hund am Rande von Berlin und ist ein echter Fischkopp, der eigentlich nur in die Hauptstadt gekommen ist, um nicht zu bleiben. Das war vor elf Jahren.

KIRSTEN FUCHS, geboren 1977 in Karl-Marx-Stadt, aufgewachsen in Berlin, ist Mitglied der Lesebühne »Fuchs & Söhne«. Zwei Romane »Die Titanic und Herr Berg« und »Heile, Heile« bei Rowohlt Berlin. Im Herbst 2015 erscheint ihr drittes

Buch bei Voland & Quist: »Kaum macht man mal was falsch, ist das auch wieder nicht richtig«. www.kirsten-fuchs.de

NINIA LAGRANDE (geboren 1983) lebt in Hannover. Sie ist Social Media Managerin, Bloggerin und Slam-Poetin. Ihr Blog beschäftigt sich mit Feminismus, Politik und Popkultur. Ihre Lieblingsnetzwerke sind Twitter und Instagram. Babys plant sie noch nicht.

ULI HANNEMANN, geboren 1965 in Braunschweig. Lebt und arbeitet in Berlin. Mitglied der Lesebühnen »LSD – Liebe statt Drogen« und »Reformbühne Heim & Welt«. Jüngste Veröffentlichung: Der Roman »Hipster wird's nicht« (Berlin Verlag, 2014).

ANDRÉ HERRMANN, studierter Politikwissenschaftler, liest bei der Leipziger Lesebühne »Schkeuditzer Kreuz« und ist Teil des zweifachen Poetry-Slam-Meisterteams »Team Totale Zerstörung«. Viele Slam-Siege, einige Veröffentlichungen, ein Preis, kein Buch. www.andreherrmann.de

ANDREAS KAMPA, geboren 1970 in Berlin, schreibt seit 2002 Kurzgeschichten für die Berliner Lesebühne »Chaussee der Enthusiasten«. Geschichten von ihm erschienen in den Anthologien »Chaussee der Enthusiasten« und »Straße ins Glück« (Voland & Quist).

SEBASTIAN LEHMANN lebt in Berlin, moderiert den »Kreuzberg Slam« und ist Mitglied der »Lesedüne«. 2013 erschien sein Hyperrealität-Hipster-Roman »Genau mein Beutelschema«, und im September 2014 kommt sein Geschichtenband »Kein Elch. Nirgends« im Aufbau-Verlag heraus. »Krankheit als Weg« ist dem Buch »Sebastian« (Satyr, 2011) entnommen.

ENNO PARK wusste schon als kleiner Junge: Geschichten schreiben ist eigentlich ganz einfach! Die Schwierigkeit besteht darin, dass alle Zeilen schön gleich lang sind. Seine Texte liest er bei »Read on my dear« in der Berliner *Z-Bar* vor.

ROBERT RESCUE, geboren 1969 in Lampertheim, lebt und schreibt in Berlin seit 1993. Leitete früher ein Projekt zur Förderung junger Literatur. 1998 Mitbegründung der Lesebühne »O-Ton Ute«. 2003 folgten die »Brauseboys« im Wedding. Zuletzt erschien sein fantastischer Roman »Der Intimitätendieb« (Periplaneta, 2014). www.robertrescue.de

CHRISTIAN RITTER veranstaltet Spieleabende, Kleidertausch und Poetry Slams, schreibt und liest Geschichten vor, die meist zu mehr als 50 Prozent wahr sind, und produziert auch verkannte Perlen der tiefsinnigen Unterhaltungsliteratur in Romanform. Zuletzt erschienen: »Die sanfte Entführung des Potsdamer Strumpfträgers« (Heyne) und »Geschlechtsverkehr: Eine Einführung« (Unsichtbar). www.ritter-wort.de

MARVIN RUPPERT, Jahrgang 1985, ist Marburger Autor, Lektor und Psychologe. Er kann stricken und Schwedisch sprechen und ist zweieinhalbmaliger hessischer Poetry-Slam-Meister. Außerdem hat er schöne Haare, zeigt sie aber nicht. 2014 erschien sein Buch »Ich mag Regen« bei Satyr. www.marvinruppert.de

ANDREAS SCHEFFLER, geboren 1966 in Gütersloh, Germanist, Historiker und Publizist, ist Mitbegründer der Literaturzeitschrift »Salbader« und gilt als einer der Väter der Berliner Lesebühnen. Er liest allsonntäglich in der Leseshow »Der Frühschoppen« im *Schlot* in Berlin-Mitte.

JOCHEN SCHMIDT, geboren am 9.11.1970 in Berlin-Friedrichshain. 1999 Mitbegründer der wöchentlichen Lesebühne »Chaussee der Enthusiasten« (www.enthusiasten.de). Schreibt Prosa und Reise-Essays. Zuletzt erschien der Roman »Schneckenmühle« (C.H. Beck) und »Gebrauchsanweisung für Rumänien« (Piper).

SARAH SCHMIDT, Berlin, ist Mitglied der Lesebühne »Der Frühschoppen«. Aktuelle Publikation: der Roman »Eine Tonne für Frau Scholz« (Verbrecherverlag, 2014). www.sarah-schmidt.de

FRANK SORGE, 1977 in Berlin geboren, Gründungsmitglied der »Brauseboys« und der »Lesershow Wedding«. Wollte nie Arzthelferin werden. 2011 ist »Brunnenstraße 3, Berlin« bei Eichborn als Buch und Hörbuch erschienen, 2014 seine zweite Geschichtensammlung »Degeneration Internet, Surf- & Klickgeschichten« bei Satyr. www.frank-sorge.de

VOLKER SURMANN lebt unheilbar in Berlin, ist chronisch überarbeitet und leidet an multiplem Satire-Auswurf infolge langjähriger Tätigkeiten als Vorleser bei den »Brauseboys«, Autor und Kolumnist für Magazine und Kabarett, Poetry-Slammer sowie Verleger des Satyr-Verlags. Im Sommer 2014 erscheint sein zweiter Roman »Extremely Cold Water« bei Voland & Quist. www.volkersurmann.de

HEIKO WERNING, 1970 in Münster geboren, seit 1991 im Wedding, ist Reptilienforscher aus Berufung, Froschbeschützer aus Notwendigkeit, Schriftsteller aus Gründen und Plattenmogul aus wirtschaftlichem Unverstand. Er liest bei den »Brauseboys« und der »Reformbühne Heim & Welt«, schreibt für Titanic, Jungle World und die taz. Bislang vier Solobücher, zuletzt erschienen: »Im wilden Wedding« (Edition Tiamat, 2014).

MICHAEL-ANDRÉ WERNER, Ende der 1960er in Berlin geboren. Mitglied der Berliner Lesebühne »Die Brutusmörder«. Auszeichnungen: Walter-Serner-Preis, Reinheimer Satirelöwe. Romane: »Schwarzfahrer« (2003), »Ansichten eines Klaus« (2012). www.michael-andre-werner.de

TORSTEN WOLFF schreibt meist lustige, oft ernste und manchmal lyrische Texte. Sein Buch »Würde ist ein Konjunktiv« ist im März 2012 im Blaulicht Verlag erschienen. Im Internet findet man ihn unter www.slampoet.de.

JOACHIM ZAWISCHA lebt in der Nähe von Hamburg, ist Kabarettist und Schauspieler, studierte Musikpädagogik und Theologie, 1998 erste Veröffentlichung (CD »Blinder Passagier«), ist mehrfacher Preisträger u. a. für sein Kabarettprogramm »Vorn ist Hinten«.

GERLIS ZILLGENS arbeitete als Schauspielerin fürs Theater, entwickelte Drehbücher für Film und Fernsehen und tritt als Kabarettistin und Vorleserin auf. Dazu hat sie mittlerweile fünfzehn Romane und diverse Erzählungen für Jugendliche und Erwachsene geschrieben und verfasst neuerdings auch Kolumnen für die taz.